文学研究丛书

教育部人文社会科学研究一般项目资助项目（批准号：12YJC752024）

危机时代的创伤叙事

石黑一雄作品研究

梅丽 著

中央编译出版社
Central Compilation & Translation Press

图书在版编目（CIP）数据

危机时代的创伤叙事：石黑一雄作品研究 / 梅丽著．
—北京：中央编译出版社，2017.4
ISBN 978-7-5117-3203-3

Ⅰ．①危… Ⅱ．①梅… Ⅲ．①石黑一雄—小说研究
Ⅳ．① I561.074

中国版本图书馆 CIP 数据核字 (2016) 第 310112 号

危机时代的创伤叙事：石黑一雄作品研究

出 版 人：	葛海彦
出版统筹：	贾宇琰
责任编辑：	程　彤　曲建文
责任印制：	尹　珺
出版发行：	中央编译出版社
地　　址：	北京西城区车公庄大街乙5号鸿儒大厦B座（100044）
电　　话：	（010）52612345（总编室）　（010）52612370（编辑室）
	（010）52612316（发行部）　（010）52612317（网络销售）
	（010）52612346（馆配部）　（010）55626985（读者服务部）
传　　真：	（010）66515838
经　　销：	全国新华书店
印　　刷：	北京天正元印务有限公司
开　　本：	710毫米×1000毫米　1/16
字　　数：	139千字
印　　张：	12
版　　次：	2017年4月第1版第1次印刷
定　　价：	36.00元
网　　址：	www.cctphome.com　邮　箱：cctp@cctphome.com
新浪微博：	@中央编译出版社　微　信：中央编译出版社（ID：cctphome）
淘宝店铺：	中央编译出版社直销店（http：//shop108367160.taobao.com）（010）52612349

凡有印装质量问题，本社负责调换，电话：（010）55626985

引言 ………………………………………………………… 1

第一章　作家与作品综述 …………………………………… 1
第一节　生平概述 ……………………………………… 2
第二节　早期发展和影响 ……………………………… 11
第三节　打破僵化的文化观念 ………………………… 16
第四节　面向全球读者 ………………………………… 21

第二章　代表性小说评介 …………………………………… 27
第一节　《远山淡影》 ………………………………… 28
第二节　《浮世画家》 ………………………………… 36
第三节　《长日留痕》 ………………………………… 44
第四节　《无法安慰》 ………………………………… 54

第三章　创伤叙事的文化立场——作家身份的他异性建构 ……… 69
第一节　创建多元叙事空间 …………………………… 71

第二节　个人经历的淡化和记忆视点的转换 …………… 76
　　第三节　无国界的国际化写作方式 ……………………… 79

第四章　创伤回忆的叙事策略 …………………………………… 89
　　第一节　"我"的多样性投射 ……………………………… 91
　　第二节　偏离性的叙述 …………………………………… 95
　　第三节　矛盾性的叙述 …………………………………… 99
　　第四节　日记体的应用 …………………………………… 104

第五章　历史与创伤的多元呈现 ………………………………… 121
　　第一节　从《浮世画家》看艺术家的精神创伤与生存困境
　　　　　　 …………………………………………………… 122
　　第二节　创伤性经历与记忆的滥用 …………………… 133
　　第三节　个人创伤与帝国命运——文化资本的陨落 …… 146

第六章　全球化背景下的创伤经历——低语境社会的文化困境
　　　　 …………………………………………………………… 159
　　第一节　消失的地域差异 ………………………………… 161
　　第二节　被抹除的地方语言 ……………………………… 166
　　第三节　人际关系中的流浪者 …………………………… 170

附：石黑一雄主要作品 …………………………………………… 175

参考文献 …………………………………………………………… 176

引言

近一百年来，人类经历了史无前例的危机。世界大战、种族冲突、宗教战争、恐怖袭击等灾难性事件的发生，给灾难的亲历者和见证者们带来了难以愈合的身体和精神创伤，使人们对社会的发展和人类的未来产生了前所未有的焦虑和恐慌。人类应该如何理解和应对危机时代的创伤，成为具有紧迫性和普遍性的议题。在文学领域，英国作家石黑一雄就是一位直面和书写历史创伤的大师，迄今为止创作的主要长篇小说包括《远山淡影》（1982）、《浮世画家》（1986）、《长日留痕》（1989）、《无法慰藉》（1995）、《上海孤儿》（2000）、《别让我走》（2005）、《被埋葬的巨人》（2015）；短篇小说集有《夜曲：音乐与黄昏五故事集》（2009）。他的小说主人公们大多被卷进战争、灾难或政治事件中，当他们艰难度过人生的大部分时光之后蓦然回首，却发现这个世界的价值观发生了天翻地覆的变化，他们已经被新世界的道德伦理体系所抛弃。在对过去进行不断反思的过程之中，他们忍受着历史加诸他们身上的"愚蠢"或者"罪恶"的认定，体验着价值归属的焦虑，承受着迷失自我的风险。在他们身上，我们看到了一幅幅满目疮痍的心灵图景：尽管灾难都已经过去，但被历史所蒙蔽之后的哀痛，无法通过自欺欺人去回避。石黑一雄正是通过这些人物的创伤，呈现了20世纪人类在战争、殖民、极权和各种灾难之下普遍的伤痕记忆。

石黑一雄的小说注重心理描写，擅长于从创伤记忆的视角，去表达他对于这个世界的思考。他的小说涉及许多重大的历史与政治事件，受到这些事件影响的主人公们往往运用各种心理防御机制，去阻止痛苦记忆的再现，或者去压抑难以直面的欲望，从而减轻内心遭受的折磨。石黑一雄的小说没有曲折多样的情节和细致入微的动作描写，并不依赖戏剧化的情节去推动故事发展，而是追求一种节制的叙述表面之下的复杂心理与深沉情感。

本书探讨石黑一雄作为一位创伤叙事大师的写作经历和叙事策略，分为六个部分。第一章为作家生平和作品综述；第二章对其主要长篇小说进行评介；第三章探讨作家主体身份的建构，分析石黑一雄的独特文化立场；第四章具体分析石黑一雄的创伤叙事策略和风格；第五章以石黑一雄的小说《浮世画家》为例，从多个角度剖析他对主人公创伤性经历和心理的再现和反思；第六章以石黑一雄的短篇小说集《小夜曲：音乐与黄昏五故事》为基础，揭示文化全球化背景之中人类所面临的普遍创伤性经历，从"低语境文化"的角度出发，探讨全球化进程对语言、记忆、人际交流以及文学本身所产生的异化作用和影响。

本书是作者承担的教育部人文社科项目《危机时代的创伤叙事——石黑一雄作品研究》（批准号：12YJC752024）的研究成果，书中不足之处，敬请各位读者和学者指正。

作者谨识

2016年6月于上海

第一章

作家与作品综述
ZUOJIA YU ZUOPIN ZONGSHU

第一节 生平概述

1954年,石黑一雄出生于日本长崎。石黑一雄的父亲是一位日本海洋学家,1960年参与了一个英国政府在北海的研究项目,举家迁往英国南部萨里郡的小城吉尔福德。石黑一雄在英国当地学校上学,但在家里还是用日语和父母交流。石黑一雄在访谈中说,本来他们只是暂时性地居住在那里,在他十几岁的时候,他们还考虑过回日本,但逐渐一家人就定居下来。尽管石黑一雄接受的是典型英国式教育以及典型的英国南部中产阶级抚育方式,但他在学校里就开始体味到了文化冲击,发现自己是个与众不同的人,而且很多年都看不到除他以外的一个非英语人士。这种在英语环境下,由在家里说日语的日本父母抚育长大的独特背景,使得他的思考方式不同于英国土生土长的作家。这种双重文化的养育背景,或许还能够解释为何石黑一雄作为一个"无家可归的作家"缺乏天然的拥护者或群众。石黑一雄曾表达过自己既非英国人,又非日本人的感受:"我没有明确的角色,没有能够让我辩护或抒写的社会或国家。没有人的历史是我的历史(我没有历史)。"[①]

石黑一雄在1973年中学毕业后做过各种杂活。有一段时间,他在苏格兰的巴尔莫勒尔城堡为女王猎捕松鸡。1974年4月,他去了美国的西海岸,在那里搭便车旅行了几个月,之后他进入坎特伯雷

---

① Kenzaburo Oe and Kazuo Ishiguro, "The Novelist in Today's World: A Conversation," *Boundary* 2 18 (1991), p.115.

的肯特大学学习英语与哲学。一年后，他休学了一年，在苏格兰伦弗鲁的一个居民区做了 6 个月的社区志愿者，为生活困难的人提供帮助。那时正值英国制造业衰落和大范围失业，严峻的社会情形让他在精神上成长了很多。据石黑一雄回忆，正是那时的经历让他开始对人生产生严肃冷静的思索。1978 年他获得肯特大学的文学学士学位后，投身于社会福利工作中，在一个叫作"萨仁尼安人"的组织里工作，这个组织的宗旨是帮助无家可归的人。

  石黑一雄热爱音乐，曾希望自己成为一名音乐词作家，但这一梦想最终没能实现。1979 年，他参加了一个著名的写作课程。这个课程由在诺威奇的东安格里亚大学教授马尔科姆·布拉德伯里（Malcolm Bradbury）主持，作家安吉拉·卡特（Angela Carter）是该课程的讲师和导师。1980 年，石黑一雄结业，当时费伯出版社找到他，并支持他完成正在创作中的小说。1986 年他与洛娜·安妮·麦克道格尔结婚。1992 年，他们的女儿内奥米出生。

  石黑一雄以短篇小说和电视剧本开启了他的艺术生涯，但使他声名鹊起的是他后来创作的几部扣人心弦的长篇小说。他的处女作《远山淡影》于 1982 年出版，描述了一位第二次世界大战后搬到英国定居的中年日本女人悦子对往事的回忆。悦子的两个女儿分别是前两段婚姻的结晶。她的大女儿最近自杀了，小女儿来伦敦探望她。悦子沉浸在悲伤的回忆中，讲述了自己以前在日本长崎认识的一个女人佐知子的故事。佐知子想要离开日本，追随一个美国士兵去美国，但她与女儿万里子之间矛盾重重。佐知子与女儿之间的隔阂实际上就是悦子与自己女儿关系的侧影。这样的叙事方式赋予小说一种扑朔迷离的双重人格的视角。小说获得了著名的英国皇家学会颁布的"温尼弗雷德·霍尔比"奖。1983 年，格兰塔杂志（*Granta*）

首次将石黑一雄纳入未来将最受瞩目的二十位英国年轻作家之一，这部小说的影响力可见一斑。就在这一年的下半年，石黑一雄接受了英国国籍。他其实一直有入籍的想法，因为按他的话来说，他觉得自己很英式，而且认定自己的未来在英国。

在《远山淡影》中，有一个情节是一个退休的老教师在第二次世界大战后反省自己的价值观。石黑一雄在1986年出版的第二部小说《浮世画家》正是基于这一情节的改编和发展。故事以"二战"后的日本为背景，以一位上了年纪的日本画家小野增二为中心人物，展现了他在战争时期作为职业画家的追忆与苦思。像悦子一样，他也有两个女儿。作为一个画家，他在1930年代曾创作具有煽动性的绘画作品支持日本军国主义。战后，社会环境发生了急剧变化，他的社会地位急剧下降，甚至遭人鄙视，女儿的婚事也因为他过去的历史遇到阻碍，境遇的转变使得他不得不对战前的各种思想产生怀疑。小说探讨了通敌、自我欺骗、自我背叛的主题。小野对于自己早年在战争时期的所作所为充满愧疚，但又认为这并不是他个人的过错，在内心试图为自己的行为辩护。作者尝试通过絮语式的、凌乱的叙述捕捉记忆的片段，表现小野内心的矛盾。小说入围"布克奖"提名，获得了"惠特布莱德年度最佳小说奖"，并登上了世界各地的畅销书榜。

石黑一雄将他早期的成功归因于小说发表的恰当时机和批评家们的友善关注："这个巨大的里程碑是'布克奖'在1981年被颁给了萨尔曼·拉什迪（Salman Rushdie）的《午夜的孩子》。他之前是一个默默无名的作家。那真的是一个具有象征意义的时刻，然后所有人突然都开始找拉什迪其他的作品来看。碰巧那时我的《远山淡影》出版了。通常小说家的第一部小说不容易引人注目，但我受到好多关注,有很多报道,还做了一些采访。因为我有这张日本人的脸和名字。"①石黑一雄在头两部小说中所表现出来的日本民族特征虽然有利于他获得公众关注,但把他的身份局限在了"盎格鲁—日本"作家的圈子里,因此他后来力求取得创作上的突破。1989年他创作的第三部小说《长日留痕》聚焦于居住在英国土地上的英国人,其写作风格被批评界形容为"比英国还要英国"。他凭借这部小说获得闻名遐迩的"布克奖",正式享有了国际声誉。《长日留痕》的主人公史蒂文斯是一名追求完美的男管家,在达林顿府为达林顿勋爵服务三十几年之后,获得府上的新主人美国人法拉戴先生的恩准,驱车周游英格兰西部地区。在此期间,他回顾了自己职业生涯的方方面面,竭力以自己侍奉达林顿勋爵这位伟大的绅士、从而对人类及世界和平做出了贡献来自我安慰,然而潜藏于他记忆中的却是对原主人达林顿勋爵"杰出"本质的重重疑虑。旅途中的所见所闻使他深刻意识到,自己在过去的生活中从未选择过真正属于自己的道路。他一生过度沉湎于显示一名优秀管家的所谓尊严和义务,导致他丧失了作为一个普通人的良知和情感。对主人的愚忠,使史蒂文斯无法看清达林顿勋爵生前曾协助过德国战犯——希特勒的外交部长里宾特洛甫的事实。这种愚忠使史蒂文斯丧失了他所钟爱的女管家肯顿小姐的感情,同时正是这种盲目的忠诚使他不能顾及父子之间的天伦,在生活中留下了悲剧性的缺憾。

石黑一雄将关注点放在管家身上,而非更有影响力的庄园的主人,因为他认为管家这个身份,是对芸芸众生中普通人物和权力之

---

① Allan Vorda and Kim Herzinger, "An Interview with Kazuo Ishiguro," *Mississippi Review* 20 (1991), p. 134.

间关系的恰当隐喻。这部小说是石黑一雄最有名的一部，也是当代小说中的经典，显示出石黑一雄的叙述策略与心理描写的技术日趋精湛。布克奖评委会主席大卫·劳奇（David Lodge）谈到颁奖理由时，称这部小说"结构精巧，节奏优美"，"以幽默和感伤的调子刻画了一个令人难忘的人物，探讨了阶级、传统和责任这些宏大而富有争议性的主题"。萨尔曼·拉什迪在该书的评论中称赞其探讨了关于"伟大""尊严""英式"的宏大问题，而且他对这些问题的解答"精妙，幽默，并不失内在的坚毅"。他认为该小说是一部大胆突破传统乡土小说形式的颠覆之作。斯坦利·考夫曼（Stanley Kauffmann）评论道："《长日留痕》用'完美'一词形容也未为过。石黑一雄的书可归类于最出色的英国小说，这类小说以讽刺和津津乐道的方式来调侃英国阶级制度，并加入了对阶级制度的残酷性与社会道德观念的看法，形成了对英国历史的再现和反思。"① 小说于1993年被艾弗瑞电影公司翻拍成电影。由安东尼·霍普金斯（Anthony Hopkins）和艾玛·汤普森（Emma Thompson）主演，收获了8项奥斯卡提名和3个奖项，再次让石黑一雄声名大振。

石黑一雄1995年发表的《无法安慰》是一部更具实验性的小说，标志着石黑一雄在创作风格上的重大转型。主人公是一位举世闻名的钢琴家瑞德，来到一个不知名的中欧小城举办音乐会，以帮助这个小城摆脱艺术和身份危机。石黑一雄写作手法的明显转变，不仅仅是指在地域上从日本和英国转向欧洲大陆，同时还是一种风格和特点上的转变。在《无可慰藉》中，早期小说那种优雅的詹姆士式的散文风格被一种恼人的卡夫卡式的梦魇世界所取代，记忆、

---

① Stanley Kauffmann, "The Floating World," *The New Republic*, 6 (Nov. 1995), p. 43.

欲望和自我欺骗都是这部小说关注的重点。

这部小说篇幅宏伟，篇长相当于前三部小说的总和，其中变化莫测的情节、错综复杂的结构和广博跳跃的思想让一些评论家费解，也让一些评论者惊叹。石黑一雄因此赢得了"契尔特纳姆文学艺术奖"，之后被英国皇室授勋为文学骑士，并被法国政府授予艺术文学骑士勋章。

石黑一雄的第五部小说《上海孤儿》于 2000 年出版。该书不属于传统的现实主义文学，在很大程度上摆脱了之前作品中一贯的叙事特色。故事发生在伦敦和上海两座城市，讲述了一个侦探如何调查父母的失踪之谜。书中的主要笔墨都用于描写主人公的心理，而不是传统意义上的探案过程。这部小说跟狄更斯的《远大前程》有相似之处，为侦探小说题材注入了新的活力。

石黑一雄的第六部小说《别让我走》获得了 2005 年"布克奖"第二名的席位，探讨了时下热门的克隆和生物伦理学的话题。它讲述了在某个假想的社会中，三个用来给"本体"人类提供器官的克隆人的故事。小说的题目是其中一个克隆女孩最喜欢的歌曲的名字，她记得这是妈妈对婴儿哼唱的爱的歌曲。从小说类型上来看，它是科幻小说和反乌托邦小说的巧妙结合。许多评论家认为它引起了人们对于存在问题的忧虑和深思，启发读者以新的视角解读各种现实问题，并表达了对于社会变革的强烈渴望。

2015 年，石黑一雄发表了新作《被埋葬的巨人》。故事发生在公元 6 世纪后亚瑟时代的英格兰，一对夫妻为了在记忆完全丧失之前找回远方的儿子，开始了遥遥无期的征程。尽管披上了奇幻小说的外衣，但这部小说并非简单的冒险故事，而是围绕着历史、记忆与创伤的主题，传达了寓言般的疏离感，提出了困扰着当代文明社会的问题。

与长篇小说相比，石黑一雄其他形式的创作未能收获足够多的公众瞩目。他发表了很多短篇，有些似乎是给长篇小说的创作探路。石黑一雄早期的三篇故事于1981年发表在《介绍之七：新作家故事集》里。《天黑以后的村庄》刊登在2001年《纽约客》杂志上。他为英国电视台的第四频道撰写过两个剧本：《亚瑟·梅森其人》（A Profile of Arthur J. Mason，1984年）和《美食家》（The Gourmet，1986年），由迈克尔·怀特（Michael Whyte）担当剧本导演。前一部以半纪录片的形式讲述了一个男管家在晚年因自己十几年前写的书被重新发现、发表而声名鹊起的故事。后一部则是关于一个富豪美食家的黑色喜剧：他在全世界探寻"最极致"的美食体验，最终却绝望地发现没有食物能够满足他疲乏的胃口。故事中的部分内容取材于他在当专职作家之前的社工经历——他曾在一个庇护流浪汉的教堂中工作过一段时间。

此外，石黑一雄还给当代前卫导演盖伊·马丁（Guy Maddin）和詹姆斯·伊沃里（James Ivory）写过电影剧本。马丁的电影《世上最悲伤的音乐》（The Saddest Music in the World）在2003年上映，故事围绕大萧条时期在加拿大温尼伯举办的国际音乐比赛展开，比赛的目的是从民间音乐中选出最悲伤的旋律。伊沃里的电影名叫《伯爵夫人》（The White Countess），于2005年上映，讲述的是1930年代俄罗斯内战后一群落魄贵族在上海生存的故事。其中的女伯爵由内塔莎·理查森（Natasha Richardson）扮演，女伯爵爱上的一个双目失明的前外交官，由拉尔夫·费恩斯（Ralph Fiennes）扮演。

从人口学意义上来说，石黑一雄是生活在英国的少数日本人之一，但在当代文坛上，他从来都不是边缘人物。早在1983年，格兰塔杂志出版的《最杰出的英国青年作家》就将石黑一雄和派特·巴克（Pat Barker）、朱利安·巴恩斯（Julian Barnes）、伊恩·麦克尤恩（Ian McEwan）、萨尔曼·拉什迪以及格雷厄姆·斯威夫特（Graham Swift）等作家收录其中。1993年，石黑一雄再次被收入格兰塔杂志选出的《最杰出的英国青年作家》，并列的有伊恩·班克斯（Iain Banks）、蒂博尔·菲舍尔、阿兰·霍林赫斯特（Alan Hollinghurst）、哈尼夫·库雷西（Hanif Kureishi）、本·奥克瑞（Ben Okri）、卡丽尔·飞利浦（Caryl Philips）和珍妮特·温特森（Jeanette Winterson）等。自20世纪80年代早期起，石黑一雄收获多个令人振奋的文学奖项：《远山淡影》（1982）被授予温尼弗雷德·霍尔比纪念奖，《浮世画家》（1986）被授予"惠特布莱德年度最佳小说奖"，《长日留痕》（1989）被授予"布克奖"，《无法慰藉》（1995）被授予"契尔特纳姆文学艺术奖"。《浮世画家》《上海孤儿》（2000）及《别让我走》（2005）均入围"布克奖"；《无法慰藉》和《上海孤儿》也入围"惠特布莱德小说奖"。

1995年，伊丽莎白女王二世向石黑一雄授予文学领域的大英帝国勋章。石黑一雄的文学声誉日益走向世界，意大利授予石黑一雄"斯坎诺文学奖"。1998年，法国又向他颁发了文学艺术骑士勋章。

随着石黑一雄的小说作品被翻译成多种语言，他的读者也扩展到法国、德国、日本、中国内地和台湾地区以及其他亚洲国家。石黑一雄的作品在全球的流行，使得他的种族身份成为一个很有意思的话题。虽然对于英国盎格鲁-撒克逊民族而言，他的确是来自日本的异乡人，但在国际背景下，当中心与边界之间的界限变得不像以往那么明确，他的日本血统并不必然指明其异域性。诚然，在20世纪80年代早期，石黑一雄作品中对异性的构建和营销使他显得与众不同。但在他从事写作已30多年的今天,其作品的主题关注和背景设置早已超越了日本和英国的领土范围。其较近期的作品,如《长日留痕》《无法慰藉》《上海孤儿》《世界上最伤感的音乐》《伯爵夫人》《别让我走》以及《小夜曲》都表明小说家已经脱离了原子弹袭击这一单一主题,转向了对专业化、幼年创伤、人类克隆和世界主义等主题的探索。

在两卷本的《世界范围内的英文作家》(*World Writers in English*, 2004)中,杰伊·帕里尼(Jay Parini)收录了包括石黑一雄在内的一批作家。他们拥有不同的血统,却都用英语写作来表达超越民族和文化国界的主题。编者在该两卷本的封皮上写道,它收集的是"世界各地40位主要作家的作品……他们都以母语英文进行写作,但其作品却植根于英美之外的具有特定历史性和文化性的时间和地点"[1]。除石黑一雄外,该两卷本还收录了德里克·沃尔科特(Derek Wolcott)、沃莱·索因卡(Wole Soyinka)、J. M. 库切(J. M. Coetzee)、卡尔·菲利普斯、麦可·翁达杰、哈尼夫·库雷西、提摩西·莫、玛格丽特·阿特伍德(Margaret Atwood)等作家。

石黑一雄迅速崛起为当代小说领域的重要人物。他的作品纷呈,无一不激荡着热烈的感情与灵动的智慧。他的作品已被翻译成30多种语言,引起了读者的强烈共鸣。关于石黑一雄作品的评论日渐增多,他的作品正好印证了某种巨大的社会文化潮流——一批来自非传统地区的以英语为母语进行写作的作家正在发挥越来越大的影响力。石黑一雄的作品在英国文学界以及各学术领域,包括亚裔流散文学、少数民族文学、后殖民主义文学、世界文学、比较文学界都

---

[1] Jay Parini (ed.), *World Writers in English*, 2 vols, New York: Scribner, 2004.

引发了大量的关注。人们认为他的双重文化身份反映了英国的多元文化,他的成功则象征当今更加自信、包容的社会,而不是曾经那个笼罩在身份政治阴影下的保守的社会。这种社会进步并不令人惊讶,因为石黑一雄正是致力于打破地理和文化上的界限,质疑在日益加强的全球化进程和跨文化交流中人们惯有的偏见。

第二节 早期发展和影响

很多评论家指出,移民经历给石黑一雄的创作以深远的影响。前两部小说中的日本背景和漂泊的感伤基调,反映了石黑一雄的怀旧情结。关于这一点,石黑一雄在接受采访时坦言,背井离乡的经历和被放逐感促使他走上写作的道路:"20岁之前,我都一直在关注各种日本的东西,只要有日本电影我都会去看。现在想想,这多半是缘于我的写作欲望。我到现在都没有回日本,但回去的念头一直挥之不去。对我来说,日本有很特别的意义,它蕴含了我的各种回忆、猜测和想象。但随着时间流逝,这一切正从我的脑海逐渐淡去。因此,我感到一种紧迫感,要在它完全消失之前把它记录下来。"[①]

石黑一雄认为生活中淡薄的亲缘关系和急剧的失落感让他领悟到了创作的意义,他相信对于作者来说,艺术是一种心灵的抚慰。这一点揭示了石黑一雄创作的源头,他在创作第四本小说《无法安

[①] D. O. Krider, "Rooted in a small space: an interview with Kazuo Ishiguro," *Kenyon Review* 20/2 (1998), p. 150.

慰》时更是直接面对了这个问题。石黑一雄曾说:"对我而言,创作从来都不是宣泄愤怒或狂躁的手段,而是用来抒发某种遗憾或者忧愁……这与我在小时候突然离开日本,尤其是离开我爷爷有关。我家三世同堂,5岁前我都和爷爷奶奶一起过,这期间父亲有三年都不在家。所以爷爷是一家之长,也是我很敬佩的人。直到最近几年,我才逐渐领悟了那段时光的意义。我时常想象自己留在故乡的另一种人生……但我内心残存的对于日本的感情正在渐渐淡去,直到爷爷去世我都没有回去。作家们或多或少会在作品中表达自我,但表达得有一定的限度……作家通过写作得到心灵上的抚慰,但不一定能创作出优秀的作品。我认为当作家与过去达成了某种程度的和解,有了平和的心态,才能写出好的作品。心灵上的伤疤仍旧存在,虽然没有痊愈,但也不会恶化。现实世界并不完美,但作家能够通过创造心目中的理想世界与现实抗衡,或找到与之妥协的办法……我认为严肃的作家就要勇于创造,朝着未知的方向探索。"[①]

在创作手法上,石黑一雄深受西方小说的影响,写作上也因此遵循西方传统。大学期间,他沉迷于各种优秀文学作品,尤其喜爱契诃夫、陀斯妥耶夫斯基、夏洛蒂·勃朗特和狄更斯,其中契诃夫和陀斯妥耶夫斯基对他日后的发展产生了重大影响。同时,他也阅读日本文学的英译本,熟知很多作品和流派,但他拒绝把自己和日本作家进行比较。

然而,石黑一雄承认日本文化中有一方面让他深受启发,那就是小津安二郎(Yasujiro Ozu)和成濑巳喜男(Mikio Naruse)导演

---

① B. W. Shaffer and C. F. Wong (eds.), *Conversations with Kazuo Ishiguro*, Jackson, MS: University Press of Mississippi, 2008, p. 116.

的庶民剧（shomin-geki films，一种日本本土电影）。一部分原因是它们勾起了石黑一雄的怀旧情结，他曾指出小津和成濑的电影尤其能引起他内心强烈的酸楚，因为画面中的地点正是他的回忆所在。更重要的是，他从像小津那样的导演身上，从契科夫的剧作和故事中学到了"一种缓慢前行的勇气和信心，而并非一定要有出奇的故事情节……现在的人们一向认为，故事的情节必须足够丰富多彩、跌宕起伏。但认真阅读契诃夫你就会发现，他的故事情节特别简单朴实"①。

在《浮世画家》出版后不久，石黑一雄在一次采访中说，自己从日本传统中借鉴的经验就是排除戏剧性的情节，从而弘扬普通的人性。他说："我从日本传统中得到启发，应该尝试排除任何过于夸张的、戏剧性的东西，保留下每日平凡的生活体验。我十分希望不管我的故事是不是发生在日本，人还是被看成同样的人。我也问过自己同样的问题，思考对于我笔下的日本人或英国人来说真正重要的是什么。凭我自身观察，日本人和我、我的父母一样，和其他地方的人也没有什么不同。我不把他们看成会轻易切腹的人。"

小津安二郎和石黑一雄的创作之间的联系已经引起了一些评论家的关注。在一篇探讨该主题的文章中，格雷戈里·梅森（Gregory Mason）指出石黑一雄的前两部小说"都是以一种幽默的语调展现传统庶民剧中大家族环境里父母和孩子的冲突格局。他笔下充满活力、桀骜不驯的小孩形象，如《远山淡影》里的万里子、《浮世画家》

---

① A. Vorda and K. Herzinger, "Stuck on the Margins: An Interview with Kazuo Ishiguro," in A. Vorda (ed.), *Face to Face: Interviews with Contemporary Novelists*, Houston, TX: Rice University Press, 1993, pp. 25—26;

里的一郎，都能从庶民剧的经典，如小津的《早上好》（1959）里找到。在《远山淡影》里父亲绪方和儿媳悦子的亲切关系在小津的《东京故事》里也能看到"①。梅森的发现也被其他评论者证实。不难发现，石黑一雄的电视和电影剧本也同样借鉴了庶民剧传统。

石黑一雄初次登上文坛时，大多数读者和媒体都把他看成是日本的代言人，认为他不仅能够提供有关日本社会各个方面的真实信息，还能解释日本文化中各种奇特的元素，这让石黑一雄颇感为难。有一个电视节目曾邀请他代表日本，对美日贸易战争的话题发表意见。正如评论家克莱夫·辛克莱（Clive Sinclair）所指出的那样，石黑一雄被看成是"战后日本的解说员"。但事实上，石黑一雄说他在家和父母说的是"5岁小孩会说的日语"。因为自己的父母是日本人，他十分了解一个日本人的生活方式、家庭关系、婚姻等等，但他无从评论"80年代日本的经济形势，日本人的行为方式"。

《浮世画家》出版后，《纽约时报》的一个评论家称石黑一雄可以成为一名文化翻译者，帮助人们解决跨文化交际中的难题："在读日本小说的时候，西方读者总会有理解上的疑问。现在没有了。石黑一雄先生，虽然1954年出生在长崎，但从1960年就居住在英国。他以英语写作，读者不需要了解东方文化就能读懂他的书……出于东方传统，他笔下的人物永远都只是微微一笑，口是心非，这说明他们其实和我们一样会保持克制甚至装模作样。石黑一雄是一个成功的作家，一个优秀的小说家。"②

---

① G. Mason, "Inspiring Images: The Influence of the Japanese Cinema on the Writings of Kazuo Ishiguro," *East West Film Journal* 3 (1989), pp. 45—46.

② K. Morton, "After the War Was Lost: Review of *An Artist of the Floating World*," *New York Times*, 8 June: sect. 7, 1986, p. 19.

诚然，石黑一雄的作品是西方文化和东方文化共同影响的结果，但他的使命绝不仅仅是一个文化翻译者。石黑一雄对小津和成濑的偏好寄托了他对故乡的追思。这些导演善于营造视觉效果，其中游子背井离乡的情景让人心酸，引人怀旧。这种创作手法可以被理解为移民的自我认同，他们尝试接受自己的双重身份，直面丧失、离去之痛。石黑一雄认为有必要记录下来这种即将消逝的情感，于是创作出了步调缓慢、引发乡愁的作品，并称其为回忆、推测和想象的结合。它远不同于好莱坞华而不实的电影如《艺妓回忆录》或者《最后的武士》。石黑一雄并不希望通过绚丽的展示去迎合观众的期待和减少文化上的生疏感。石黑一雄的创作是他对过去的一种致意或者告别，是他日后探索其他写作形式的基石。这也是其他移民作家，如汗尼夫·库雷希（Hanif Kureishi）、萨尔曼·拉什迪经历的过程。石黑一雄通过写作抚慰内心伤痛或调整心理失衡，借创作抒发悔恨和忧郁，这种情感应是源于他儿时远离故土的经历。他在谈论自己的写作时总是流露出漂泊感，在儿时和爷爷分离、遗忘母语、丧失本来的身份以及到一个新地方被边缘化这一系列痛苦的经历之后，他用创作来弥补自己心灵上的空缺。正如他第四部小说的标题《无法安慰》所暗示的那样，"安慰"被否定。有评论家认为这部小说应该和这种痛苦的决裂及其传达的伤痕的诗意有关。

通过对日本的研究，包括罗斯·摩尔（Ross Mouer）和杉本吉尾在内的不少学者指出，日本和西方国家交流中的一大阻碍是很多西方人对日本不切实际的设想和对东方人的思维定式。这些人往往怀有狭隘的民族中心主义，垂涎于工业化进程中丧失的传统美德。于是，他们描绘某种传统的社会图景，构思日本社会的历史、现实或将来。石黑一雄的作品刚出版时，人们往往是去关注小说中的日本元素。摩尔和杉本指出，人们对日本的浪漫设想促进了这种惯性思维的形成。很多读者过分关注独特的东方元素，并认为作者的意图也在于此。这种浪漫情怀在一定程度上源自西方人的嫉妒心理，因为西方在工业化后不像日本那样仍然保留传统。但很多人没有发现，在经历明治维新时期的巨大社会变革后，日本也成了野心家，想要在全球化浪潮中分得一杯羹，实现建立帝国的梦想。

第三节 打破僵化的文化观念

1989年在加拿大的一个记者接见会上，石黑一雄被问到他的小说在全球各地得到了怎样的反响。他回答说在德国，《浮世画家》被看作纪实小说，引起了争议，他不得不回应很多关于法西斯的问题。在英国，情形又完全不同："人们并不注重小说的思想，只是把它当成一个有异域风情的东西，把它和日本的绘画、书法、池塘中游动的锦鲤混为一谈。我听到了各种关于日本文化的陈词滥调，有人还说到相扑。"[①]

在《浮世画家》中，主人公有一段时间曾在一个商业机构中贩卖各种粗劣的文化产品。他们的买家指明让他们制造含有"艺妓、樱花树、游动的鲤鱼和寺庙"等意象的作品以及让外国人看来任何有"日本风情"的东西。石黑一雄在小说中抨击了这种刻意迎合的行为，也借此告知读者，阅读他的小说需要自省。他质疑那种基于

---

① S. Kelman, "Ishiguro in Toronto," in L. Spalding and M. Ondaatje (eds.), *The Brick Reader*, Toronto: Coach, 1991, p.76.

浪漫主义和感伤主义的僵化的文化观念，尝试在早期作品中为真正有意义的文化交流开拓道路，而这需要读者对自身和他人有谨慎的思考和理解。因此，他的小说和一般的日本小说处在完全不同的语义层面。石黑一雄担心小说的本质被文化标签所覆盖，文学批评家三好将男也有这种忧虑，他说第一世界对于日本小说的评论总是充斥如"精致的""抒情的""隐喻的"等诸如此类的词语，这些只是"伪评语"，"是陈词滥调的堆砌，偏离文本，回避实质"，并没表明观点。沉溺于这种阅读方式的读者，"只是为了读书而读书"，而忽略了其中的思想。

　　除了这些对石黑一雄早期作品充满浪漫色彩的评价，也有一些人批评石黑一雄的小说情节过于平淡，对1980年代普通的日本人与社会景象的描写并无过人之处。1989年，石黑一雄在和诺贝尔奖得主大江健三郎的谈话中，解释了自己对戏剧性情节抵触的原因，是不想迎合西方人对东方文化的陈见。这次谈话的背景是石黑一雄受邀参加一个文化交流组织的活动，是他时隔30年第一次重回故土。在会谈中，他谈及对三岛由纪夫的看法："我怀疑三岛的形象在西方加深了某些固有的印象……因为他符合一些特质……成为相当消极的典型。"1970年，三岛在东京军事基地发动政变失败后剖腹自杀，此后成为很多读者狂热崇拜的对象。大江健三郎则借用爱德华·萨义德（Edward Said）的术语"东方主义"来描述三岛："三岛认为他代表了西方人眼中的东方人，我认为他想要表现得符合这种形象。他是那样为人，也是那样在全世界赢得文学荣誉的。"[①]

[①] Kazuo Ishiguro and K. Oe, "The Novelist in Today's World: A Conversation," *Boundary*2, (18/3, 1991), pp. 13—114.

如果把石黑一雄的言论与当时日本所处的历史背景结合，我们就能更好地理解他的做法。在战后很长一段时间内，日本作为美国在东亚反抗共产主义的同盟国，得以顺利推行其重商主义的经济政策。日本经济借朝鲜和越南战争发展迅猛。但到了1980年代，世界范围内的其他一些国家不再任由日本发展，将这些政策解读为日本复仇、重夺领土和地位的企图。日本强势的经济被看成对他国的威胁，"日本"成为一个在主流文化和政治观念中危险的代名词。有媒体报道西方经济基础正被"披着西装外套的日本武士"所撼动。迈克尔·克莱顿（Michael Crichton）在1992年发表的小说《初升的太阳》（Rising Sun）里就反映了这种观点。美国人类学家鲁思·本尼迪克特（Ruth Benedict）撰写的关于日本的著作《菊与刀》中也阐述了同样的看法。该书在1964年首次发表，畅销一时，于1989年再版。正如标题中的双重比喻所暗示的那样，本尼迪克特指出日本一直以来都有追求美感和军国主义的民族特质。她提出了"罪文化"和"耻文化"的区分。在美国，人的行为遵循"绝对道德"，而在日本，人们被"外部规章"约束，害怕惩罚或者在集体中出丑。在该书再版的前言中，美国学者傅高义（Ezra Vogel）给予高度赞扬，认为这本书对于理解日本适逢其时，因为日本现在正由一群穿西装革履的人领导着前进，就像以前被大批穿布衣的武士率领那样。本尼迪克特的书被那些想要了解日本的人奉为圭臬，许多读者认为她一语中的地揭示了日本民族性格中的秘密。

泰萨·梅耶思（Tessa Mayes）和梅根·罗琳（Megan Rowling）的观察很有启示意义，他们发现尽管个人在寻求创新，但人们仍然在制造陈旧的文化。在一篇研究出版社态度的文章中，梅耶思和罗琳采访了15名驻在日本的各个英国报社的记者。其中一人回忆，一个同事在报道1995年东京地铁毒气事件时就遭遇了这方面的压力，他被要求报道这些事件反映的"日本特性"。在他提交了规定的1100字的稿件后，编辑毫不留情地批评他："报道里都没有提到'神风特攻队'，你要知道这是日本，读者们期待'神风特工队'的出现！"于是那个同事说"那你们自己写吧"，之后他们果然就那样改了。①

根据大卫·波拉克（David Pollack）分析，这类事情的结果就是呈现在我们眼前的日本形象是由很多虚假的图像拼凑出来的，包括"异域风情的戏剧、血腥的复仇、细腻的感情和令人费解的自杀"②，一般人看到的日本形象只是一个没有任何逻辑可言的混合物。

如果再回顾小津和成濑的庶民剧的特点，我们就更能理解石黑一雄为何受到这些导演的影响。正如"庶民"二字代表的，它关注的就是大多数普通劳动人民的日常生活。这是新现实主义，它抵制戏剧化，不像其他艺术作品热衷刻画武士以及浪人的形象。这种体裁抛弃愤怒、勇猛、狂喜的强烈情感，转而聚焦于日常的点滴幸福和对外界的默默忍受。这样来看，石黑一雄的作品确实受到这些日本本土电影的影响，并将他观察到的这种特性融于作品。同时，他也有自身的保留。他的书不全是有关日本的特征，他关注的视角是被看成一般人的个体。他将日本形象进行个体化、平民化的努力，是对文化市场中特征化和模式化倾向的抵抗。

---

① T. Mayes and M. Rowling, "The Image Makers: British Journalists on Japan," in P. Hammond (ed.), *Cultural Difference, Media Memories: Anglo-American Images of Japan*, London: Cassell, 1997, p. 129.

② David Pollack, *Reading against Culture: Ideology and Narrative in the Japanese Novel*, Ithaca, NY: Cornell University Press, 1992, p. 1.

石黑一雄在1980年发表的短篇小说《一次家庭晚餐》（*A Family Supper*）就融合了庶民剧的元素，也为石黑一雄创作的头两部小说《远山淡影》和《浮世画家》奠定了基础。石黑一雄的第一部长篇小说《远山淡影》在很大程度上颠覆了异域小说的传统，和普契尼的《蝴蝶夫人》形成互文关系。对于"二战"后日本的发展，外界常以"自成一体"或"孤立"这样的词语来表述，《浮世画家》则是对此的质疑。这两部小说中所体现的反对区域隔绝、再现全球化过程中文化冲突的主题，在石黑一雄的第三部小说《长日留痕》中得以延续。从第二部到第三部小说，石黑一雄进一步发展了小说的主题，把背景从东方转移到了西方，都刻画了一个在战后重新思索价值观的人物，借此质疑和动摇公众对于日本文化神秘性和扩张性的陈见。在传达两部小说中的感伤情怀之时，石黑一雄没有预估到小说会对某些读者产生与他的设想相反的影响，因为有一部分读者除了在小说中发现了远离故乡和移民者的自我构建的主题之外，还引发了伪乡愁以及对阶级、等级崇拜的精英主义式的解读。对某些读者来说，《长日留痕》里描述的庄严的世界，代表了民族标准的完美主义。英国历史学家大卫·康纳汀（David Cannadine）指出这种观点本身具有矛盾之处："书中我们都不甚了解的庄严的世界变成了我们一度丧失因而想要极力重返的天堂，然而这个天堂在世界上未曾有过。"[①]

到《长日留痕》，石黑一雄通过前三部小说逐渐形成了自己的写作特点，那就是对先前作品不断重述与完善，在下一部作品中，转换一种方式对上一部作品进行再创作。《浮世画家》被认为只是一本

---

① David Cannadine, *The Pleasures of the Past*, London: Penguin, 1997, p.100.

表现异域风情的小说，但石黑一雄在下一本书中把他希望表达的主题进行了重新传达和演绎，让读者在获得新的信息和启发之后，能够重新看待他的上一部作品。《长日留痕》因其传达的哀歌与怀旧的情感，曾被某些人错误地认为是对书中描写的世界的赞美，这同时似乎也预示了他的第四部小说《无可慰藉》的写作方向的改变。《无可慰藉》具有强烈的非现实主义的元素，在刚出版时招致一些负面的评论。在接受《波士顿环球报》的采访时，石黑一雄解释他已经准备转换表达方式。他承认打算用不同的方式重述故事。他想和读者建立沟通，如果他们不懂，他会继续换一种说法让他们理解。这也说明，单独看石黑一雄的作品可能会忽略几部作品之间的联系以及他试图建立的某种交流，这是在解读石黑一雄的作品时读者需要认真考虑的问题。

第四节　面向全球读者

通过上文的介绍，我们更容易理解为什么石黑一雄在创作前三部小说后更明确地希望成为一个国际主义作家。这种转变的背景可以追溯到1989年石黑一雄和大江的对话，他谈到自己双重文化的身份让他成为一种"无家可归的作家"。他"没有明确的社会角色"，因为他不是典型的英国人，也不是典型的日本人："我没有明确的角色，没有要代表的社会或国家。其他人的历史似乎都与我无关。而正是这一点促使我不得不试着以一种国际化的方式写作。"石黑一雄的这种想要进行国际化写作的欲望根源于他夹在两个不同的社会形态中间的状态。在一份英国文化协会1988年发行的手册中，石黑一雄陈述了自己想要成为创作国际化小说的作家,详细解释了这一创作方式对于他的特殊意义。这份文件对于石黑一雄来说意义重大,相当于一篇艺术宣言。在创作了前三部小说之后,石黑一雄定下了自己的写作目标。这份声明的核心思想如下:

"我是一个想要写作国际化小说的作家。什么是'国际化'的小说?我认为这种小说展示的是对于有多样化背景的人很重要的生活视野。它描写的人物也许游历各国,也许安于一隅。

作为创作国际化小说的作家,就意味着不能将读者的知识进行预设,比如:就不能通过列举衣服的品牌或者所用的商品来表现人物性格,因为这种信息只对少数人有价值,对大部分人都毫无意义,更不用说对于未来的人。他们也不能指望采用纯粹的语言技巧,尤其是双关语,因为那会在翻译过程中流失。任何对自己的语言盲目自大的作者,肯定只能吸引很有限的读者。最重要的是,作家要能够写出那些真正反映国际性问题的主题。

众所周知,这个世界的全球化进程正在加快。人们早已进入不用特意指出国际化背景就能畅谈政治、贸易、社会变革或艺术的阶段。如果小说这一形式还能留存于下一世纪,那一定是因为作家们成功创作出了十分国际化的作品。我的志向就在于推动这一进程。"①

做出这项声明之后,石黑一雄在小说中不再使用带有地方特征的语言。在1999年的一次采访中,他反思了写作中的公众因素和小说出版业的需求。他以一次去挪威的旅行为例,说明他如何花两到三天在宾馆接受采访,向文学记者解释他的书。之后他经过反思,越发体会到避免如"双关"这种语言技巧的重要性。在写作的过程

---

① W. Brandmark, *Kazuo Ishiguro* [pamphlet], London: British Council. (n. d.).

中，他会停下来考虑某些读者是否会不理解他的意思。石黑一雄认为，总的来说，这些丰富的游历和访谈让他能够想象出一个读者群，"一个国际主义作家能够走得很远，能够容纳不同的文化背景"。在这一过程中，这群指导他写作的假想读者群变得越加复杂，有时候会"让人不知所措"。

尽管如此，石黑一雄已经全身心投入于这项宏伟的事业。如前所述，他认为写作是一件需要反复解释的双向互动的事。为了满足逐渐扩大的读者群，宣传活动占据了他三分之一的时间，这也让他认真权衡这种交流的效果：

"这种公共活动确实有效，因为我相信当代的写作应是一种交流的过程，这种面对读者的活动加深了我的信念。我并不是偶然创作了一部小说，碰巧被读者理解。我在真切地尝试去了解人们的想法，他们哪里懂，哪里不懂，哪里觉得太过，哪里觉得有趣。这一过程很重要，因为这就是我了解别人的方式，我关心别人与我的相同和不同之处。"[①]

在这方面，石黑一雄在早期就做了尝试，让作品能够跨越语言为世界各地的读者所接受。在一个评价《浮世画家》主人公的采访中，他说自己的小说几乎就是"准译作"。他不能用太过本土的、"西式"的用语。他的用词就像是"电影的字幕"，有一种外国腔调。石黑一雄把这称作"翻译体"，在整个创作过程中都十分注意保持这种效果。2000 年石黑一雄的导师马尔科姆·布雷德伯里去世后，他在一篇文章中进一步阐述了这个观点。石黑一雄在文章中对布雷

---

① C. F. Wong, "Like Idealism Is to the Intellect: An Interview with Kazuo Ishiguro," *Clio*, 3/3 (2001), p.317.

德伯里的贡献致以敬意,而且认为从他身上学到的最重要的道理就是"绝对不要以为英语是世上唯一的语言"。并且,石黑一雄的全球视野和他早期作品收到的反响有着紧密的联系。石黑一雄承认他的事业能在1980年代的英国腾飞的一个原因就是他捕捉到了当时社会的独特需求。那时候人们热衷于任何指向"新国际主义"的东西,出版商和批评家都在寻觅国际化的艺术家,引领人们走出"故步自封的后殖民、后帝国主义时代"。

不管是冷漠的环境、后帝国主义的弊病、出版业的需求还是他内心的写作冲动(或许是这些因素的结合)导致了他游牧的心境,石黑一雄在作品中表达的这种情感正好符合社会潮流。这就解释了他在《长日留痕》之后的小说选定的故事背景。《无可慰藉》的场景位于一个欧洲中部的卡夫卡式的国家,被评论家称为可以被看成一部"欧盟式"的小说。《上海孤儿》则放在引人怀旧的上海租界——第二次世界大战休战期间外国殖民者在上海的居住地。《别让我走》讲述在假想宇宙中的关于克隆人的故事,更是没有明确的地点。在一定程度上,《无法安慰》可被视为石黑一雄对进行国际旅行、宣传活动的戏仿之作,反映了石黑一雄在获得普利策奖后,越发庞大的读者群给他带来的茫然和困惑。《无法安慰》之后,作家的责任感以及在艺术和道德上的更新与进步显得越发必要。在他的前三部小说中,石黑一雄探讨了社会变革中的个人的局限性。小说中,面对巨大的社会变化浪潮,主人公身不由己地作出种种决定,却又遭遇到难以言说的创伤。个人与群体之间的关系展现得复杂多变、引人共鸣,促使人们思考艺术的自主、理想和变革、存在的价值以及个人的自治等诸多主题。

通过在创作时开展和假想的读者群对话,石黑一雄强调了真诚的跨文化交流的重要性。用克里斯多夫·普伦德加斯特的话来说，这将是"一次复杂的交汇，其中涉及的各个话题无疑会有很多认知错位和价值观的冲突，但交流毕竟发生了"①。考虑到当代政治的冲突性质，石黑一雄对这一方面的努力卓有成效，值得读者和研究者们深入探讨。

---

① Christopher Prendergast, *The Triangle of Representation*, New York: Columbia University Press, 2000, p. 88.

第二章

代表性小说评介
DAIBIAOXING XIAOSHUO PINGJIE

第一节 《远山淡影》

石黑一雄的处女作《远山淡影》是一部早熟且独具魅力的作品,其引起的巨大反响反映了作者高超的写作技艺。小说通过迂回的写作手法,情节曲折,结尾震撼,引起读者强烈共鸣,激发人去发掘作者极力掩盖的真相。这是一个引人入胜的双重人格故事,其中的两个主角关系暗藏玄机。同时,这部小说还和普契尼的歌剧《蝴蝶夫人》形成明显的互文关系。

小说的主人公悦子寡居在英国城郊,二女儿妮基前来探望她。妮基的造访是故事的引线,由此延伸的纷繁破碎的回忆构成了故事的主要内容,而这些回忆均由前不久悦子的大女儿景子的自杀引起。悦子的回忆从1950年代早期开始,当时她在长崎,肚子里正怀着景子。景子出生长大后,与亲人关系疏远,曾离家出走去曼彻斯特生活。悦子回忆她和前任丈夫二郎还有她的公公绪方的生活,还讲述了当年和一个叫佐知子的女人的神秘友谊。佐知子还有个小累赘:女儿万里子。

在这些回忆的闪现中,悦子的个人历史也慢慢浮现。我们了解到她在战争中痛失恋人中村,她的家人也惨死于原子弹爆炸。绪方收留并接济了她,她和二郎相识也是因此而缘起。悦子回顾这段丧失亲友的时光,是她尝试去接受女儿景子自杀的悲剧的一种心理防御机制的表现。从妮基探访的主线中,我们也了解到妮基的生父、英国人谢林汉姆是一个专门报道日本的记者。谢林汉姆认为景子和妮基是性格完全相反的两类人,悦子却不以为然。她很少直接谈论景子，在小说中一个重要的场合她谈到了这两个女儿，她说：

"这一点让我想起了她的姐姐。事实上，她俩有很多我丈夫没发现的共同点。尽管他没直截了当地说过，但他会暗示景子遗传了她父亲的性格。我很少反对，因为毕竟将责任推给二郎而不是我们去承担，会比较容易。当然了，我丈夫并不知道小时候的景子。他要是知道的话，就会发现这两个女孩在小时候有多么相像……可是，一个长成了快乐自信的年轻姑娘——我对妮基的未来充满信心，而另一个却活得越来越悲惨，最后结束了自己的生命。我发现自己不能像丈夫那样轻易地将责任推给天性或二郎。可是，事已如此，再想也没用了。"

在此之前，悦子说过："事实上，尽管我的丈夫对于日本的报道文章令人叹服，但他从未真正理解过我们的文化。"这种分歧在小说开头悦子回忆给妮基取名的时候就有所表明。谢林汉姆选"妮基"这个名字是因为他相信"这具有东方意蕴"。但对于悦子来说，这个名字是和谢林汉姆的妥协，因为她并不想要一个让她联想到过去的名字。她在后面补充说：

"不像妮基，景子是纯粹的日本人，好几家报社都立即抓住了这个事实。英国人喜欢把我们想象成有自杀倾向的民族，好像这不需要解释。他们就是这样报道的，她是日本人，她在房间里上吊自杀。"

小说中的一个主题是人们对于其他文化的陈见，有关"东方"或"日本"的语义范畴。妮基和景子分别作为"西方"和"日本"代表的身份被过多地强调。悦子不赞同妮基名字中的东方涵义，实则是她不认同丈夫认为景子作为东方女孩天性就很消极的偏见。这一点也反映在她拒绝将景子之死归因于日本民族的自杀倾向。

更重要的是，小说通过妮基与去世的景子之间达成的和解，批判了这些狭隘的观点。景子经历了黑暗的青少年时期。她连续好几天待在自己的房间，拒绝和父母一起吃饭而独自进食。她和妮基之间关系生疏。在谢林汉姆逝世后，景子都没有出席他的葬礼。作为报复，妮基也没有参加景子的葬礼。然而，在小说中某个令人动情的时刻，妮基决定阅读父亲所有有关日本的文章，在家里翻箱倒柜把它们找出来。在这次对往事的重新回顾中，她对这个家庭中的父女关系有了新的认识，对悦子说："我觉得爸爸应该照顾景子更多一点，不是吗？他一直忽视她。这真不公平。"妮基的行为进一步印证了她的观点。她走进悦子的花园喂池塘里的鱼，整理因疏于照顾而萎蔫的西红柿枝条。这些举动是妮基在整部小说中最具有干预性的行为，她的思想转变具有强烈的启示意义。通过谢林汉姆和妮基这两个例子，小说否定了绝对的文化隔阂。

除了两姐妹之间的关系，文章另一个重要特点是对双重人格手法的娴熟运用。阅读小说时，我们很快就能意识到佐知子是悦子的另一个自我。当悦子把佐知子当成朋友，回忆和她之间的往事时，悦子无意中就在借佐知子谈论自己，这暗示了每个人都有在他人身上反观自己的倾向。小说展示了她们生活轨迹的各种相似之处：悦子最后定居在英国，而佐知子想去美国；佐知子是邻居们背地里谈论的中心，悦子也和邻居冷漠地保持距离；苦恼的万里子和景子的相似之处，也让我们看到悦子和佐知子的关联。悦子似乎通过讲述佐知子和万里子的关系，表现自己和景子之间的不和。同时，小说还充满了各种幽灵般的人物形象：万里子一直能看到住在对面树丛中的女人，这个女人也许是想象中的，也许真实存在。来长崎之前，万里子曾在东京的废墟中目睹过一个年轻疯癫的母亲溺婴。悦子也曾描述自己在战争刚结束和绪方住在一起的时候，是个发疯的女孩。当时还有一个连环杀手徘徊在他们住所附近，专门谋杀小孩。在悦子、佐知子一行人从俯瞰长崎海湾的稻佐山公园游玩回来时，也有一个女人令人不安地盯着万里子。

对角色这样的处理手法给小说添加了神秘的元素。在悦子的楼房和佐知子的河边棚屋之间的大片荒地也给小说营造了一种诡异的氛围。随着情节推进，这种场景让不祥的预感愈加浓重。当景子代替万里子出现时，这一突变更让人紧张。情节发展到这里，佐知子和悦子成了密友。佐知子去县城里的时候，总是让悦子照看万里子。万里子有一个习惯，一旦和母亲争吵或者感到无聊，就会钻到她家附近的树丛里。在一个充满神秘意味的情节中，佐知子因万里子不听话，一气之下溺死了万里子的小猫。于是万里子就钻进了灌木丛里，悦子跑去找她，并试图说服她回去。这时候，在小说没有提供任何过渡和说明的情况下，悦子突然进入回忆。她面对着万里子——这时候她眼前的万里子显然已经幻化成了景子，说道："如果你不喜欢国外，我们马上就回来。但是我们得试试看。我相信我们会喜欢那儿的。"

在主线故事中，这样错综的回忆以同样令人困惑的方式在延续。悦子在妮基回伦敦前，提到景子在去稻佐山的游玩途中很开心。然而，小说中只写过佐知子、万里子和悦子三人的出游。景子突然替代万里子出现让人吃惊，因为前文并没有任何铺垫。但是仔细回想，我们会发现，悦子的描述自始至终都是有关景子的，都是为了让景子以万里子的身份重生。这种间接的方式让她能够坦白自己的错误，直面自己没有实现把景子带回国的诺言的痛苦。悦子在最后的领悟让人震撼，也让小说异常辛酸，这种领悟可能包括痛苦、愧疚、悔恨、自我鞭挞，也许还有自我赦免。从这个角度来看，《远山淡影》颠覆了描写主人公成功融入西方社会的移民小说的范式。

人物性格和情节的这种复杂性让读者会质疑佐知子的本体地位。读者会产生疑问：这一切只是悦子的凭空臆造，还是她的真实经历？然而，小说精心构建的结构否定了确切答案的存在。因为《远山淡影》以第一人称写作，所以我们所知关于佐知子的一切都来自悦子不太可信的一面之词。悦子叙述中的巨大空白意味着读者只能通过理解佐知子来弥补。我们不知道为什么悦子离开二郎、如何遇到谢林汉姆、又如何离开日本的具体细节。悦子似乎在佐知子身上看到了自己的形象。而在阅读小说的过程中，读者也做同样的事情，渴望搜寻详尽的细节，将两者像暹罗连体双胞胎一样联系起来。

因此，当佐知子的本体地位仍是一个疑问之时，就很难判断关于她虚构的成分。悦子的言语中十分注重"预兆"这个词，这个词有助于理解她的回忆的本质。她看到一辆车经过前面提到的荒地驶向佐治子的棚屋时，有了某种预感，第一次提到记忆是一种"靠不住的东西"。后来她还说，当她看到车的时候她预感到景子会出现。从某种意义上来说，她整个回忆都是为了这一刻。佐知子的美国男友弗兰克安排的车最后还是来了，说明佐知子放弃了离开弗兰克、和她叔叔住在一起的打算。弗兰克欺骗过她，但车的到来说明他俩重归于好。这辆车将带着她和万里子去神户，之后去美国。佐知子溺死万里子的小猫的行为，表现了她继续自己新计划的决心，因为他们在神户的新家里不可能养猫。"预兆"这个词很重要，因为它引导着悦子进行选择性的回忆。悦子的表述是被一种欲望牵引，她想要将所有对小孩的暴力或者小孩自己采取的暴力行为联系在一起，认为自己本应该注意到这些具有预兆性的事件和警示。悦子对过去的回忆充满着浓烈的情绪，从而增强了故事的震撼力，而佐知子的本体不确定性与描述的不确切性，是小说结构的一大支柱。

上文给《远山淡影》中的双重故事提供了一种解读方式。在这样的解读中，小说反映人如何通过回忆接受自己遭遇的创伤。悦子将自己投射到佐知子身上的行为，就是一个极端的例子，展示了一个重要的主题：回忆过去的作用，是用来调整现在的心境。

与此同时，我们可以参考亚裔美国文学批评家黄秀玲的观点，她认为在亚裔离散写作中，这种双重叙述/二重身不应该以普遍意义来解读，如罗伯特·路易斯·史蒂文森（Robert Louis Stevenson）的《化身博士》，也不应该被看成人们共有的一套心理机制。黄秀玲指出，问题在于现在人们总把双重人格的故事看成"研究人类精细心理活动的案例"。如果人们忽视社会历史的背景，专注于抽象的人格，容易"把立体丰富的作品削弱成单调的神话故事"。但黄秀玲同时认为"从高度抽象的角度来说，人在压迫下的防卫机制和人格转换确实具有普遍意义"[①]。在双重人格研究中，各种术语像"个性""开化的人""反社会倾向"，对于少数群体或者移民的作家从来都无法具备中立和客观的含义。这些词语反映主人公受到社会的歧视和排斥，而将自身不受欢迎的"亚裔特征"投射到另一个她称之为"种族影子"的人身上。小说中另一个自我的设定被认为是那些有双重文化背景的人在生活中的压力和妥协的反映。

黄秀玲发现的另一个典型的双重人格例子是汤亭亭（Maxine Hong Kingston）的半自传体小说《女勇士》（*The Woman Warrior*）。

[①] S. C. Wong, *Reading Asian American Literature: from Necessity to Extravagance*, Princeton, NJ: Princeton University Press, 1993, p. 85.

尤其是在最后一章中，与作者同名的人物玛克辛在学校厕所中虐待一个沉默的中国女孩。那个中国女孩和玛克辛十分相似。玛克辛对那个女孩的行为代表了"自我认可的危机"。她不愿承认自己的亚洲特质，于是把它投射到和自己对立或与自己相似的人身上。女孩身上的种族印记挑战了她的西化、让她发疯。对玛克辛来说，和这个女孩的相遇十分重要，因为这让她重新审视自己的行为模式，让她意识到自己需要接受双重文化的身份。如果把这种双重人格的故事只是解释成抽象的人格，则容易忽视这一特点。

再来看《远山淡影》中的种族影子。悦子利用佐知子讲述回忆的方法也出现在1904年普契尼的歌剧《蝴蝶夫人》里。悦子所具有的多重人格，可以说与普契尼歌剧里的主人公非常相似。歌剧《蝴蝶夫人》的灵感源于1887年皮埃尔·洛蒂（Pierre Loti）的小说《菊花夫人》（*Madame Chrysantheme*）。据让·皮埃尔·拉赫曼（Jean-Pierre Lehmann）所说，它引起了人们对于"遗弃主题小说"的狂热。这类小说往往讲述驻扎日本的海军和当地的女人先恋爱后抛弃的故事。佐知子的情人弗兰克就很符合这种设定，而且他的名字还和普契尼的主人公的名字——本杰明·富兰克林·平克顿（Benjamin Franklin Pinkerton）相呼应。《远山淡影》里有很多与"遗弃主题小说"相类似的情节。弗兰克计划先回国然后再来接佐知子和万里子，这也和《蝴蝶夫人》里平克顿对乔乔桑（蝴蝶）的许诺一样。另外一些共同点是：《远山淡影》和歌剧的背景都设在长崎；悦子、佐知子和万里子一日游的地点在稻佐山，而普契尼笔下那个19世纪的英国商人平克顿住过的宅邸就在稻佐山的附近。

《远山淡影》还表现了文化的侵犯和误解这一主题。其中的一个情节是：一个美国女人看到万里子画的蝴蝶后，称赞其"好吃"。这发生在稻佐山游玩途中，万里子正在素描本上画画，另一个叫苏西的游客正好经过。苏西的日语不好，她说"好吃"估计是她不知道怎么表达漂亮或者生动。但联系之前提到的《蝴蝶夫人》，这一行为是对本土语言的冒犯，因为万里子的画从一个视觉形象转变成了味觉感受。

石黑一雄在一定程度上重写了普契尼的歌剧来回应这种文化吞并的行为，但他较之男女关系更重视父母孩子的关系。在歌剧中，乔乔桑自杀，因为平克顿并没有信守承诺带她一起走，而是和他在美国新婚的妻子一起来要回自己的孩子。在《远山淡影》里，故事的重心在景子身上，以及悦子如何接受移民海外后景子的死亡。《远山淡影》反映战后日本移民的自我人格的塑造，在石黑一雄的这种带有一定颠覆性的重写框架中，主人公并没有摒弃自己的出生地的文化，而是将之保留。石黑一雄借用《蝴蝶夫人》的框架，对原文进行改编来满足了自己的写作需要。

从另一角度看，石黑一雄在《远山淡影》中的想法和亚裔美国剧作家黄哲伦（David Henry Hwang）十分相似。1988年黄哲伦的剧作《蝴蝶君》（*M. Butterfly*）在百老汇获得成功。他将普契尼的歌剧《蝴蝶夫人》进行了改编：男主人公伽利玛是个法国外交官，他被男扮女装的中国间谍宋丽玲所利用，于是中国通过他操控西方国家在越南的政策。宋丽玲得以成功的关键在于其伪装的中国女人符合文化和性别的典型形象。黄哲伦对普契尼的改编非常知名，但石黑一雄的版本自有独到之处，值得研究。

第二节 《浮世画家》

《浮世画家》是一部引人入胜的作品，其开放性的结局更是给小说增添了强烈的不安定的元素。它触及了具有时代性的社会现实，回顾了日本"二战"时期的扩张行为，并探讨了关于社会性事件与个人之间的关系。小说提出一个最重要的问题是：我们是否能真正理解那些对我们的生活产生翻天覆地影响的巨大社会浪潮。

故事发生在第二次世界大战后的三年间，以第一人称叙述。退休画家小野增二曾创作宣传画支持日本的侵略战争，但在战后不得不重新审查自己的军国思想。从他的叙述来看，他正在努力做一些友善平和的事情：照看花园；邀请大女儿节子来家里玩；带孙子看怪兽电影；拜访老同学；和前同事绅太郎一起喝酒；也尝试着给自己的小女儿仙子安排婚事。小野害怕自己之前作为战争支持者的身份会对仙子尚在微妙阶段的订婚事宜造成不良影响，而在未来女婿的家人面前坦白了自己的错误。然而他的认错并不诚恳，带有强烈的自我辩护的意味。当小野发现准女婿的弟弟是他之前的一个弟子黑田的学生时，很担心自己以前与黑田之间的过节会被揭发出来。因为当年黑田在跟随小野一段时间后，产生了对反法西斯者的同情心，开始反对小野的教育理念。为了给黑田一个警告，小野将他举报到了内务部的安全局。结果，黑田被判监禁，在牢中度过了战争时期并受到刑罚。

但对于举报黑田一事，小野并不愿意承认自己那样做是因为受到军国主义的支配和个人利益的考虑所致，为了寻求内心的平衡，他找了另外两个例子证明自己具有对艺术的独立追求精神。其中一例是，他讲述了自己早年如何维护一个同事"乌龟"的经历。当时他们工作的商业机构只求快不求精。当其他人都责骂"乌龟"画得不够快的时候，他挺身而出，称赞"乌龟"具有艺术上的正直之心，拒绝为了速度牺牲质量。另外一例是，小野回忆起他曾教育自己的学生，作为一个成熟的艺术家"尊敬师长是没有错的，但一定要勇于挑战权威"，这是他在自己的求学经历中学到的重要一课，他知道永远都不要盲目从众对于一个艺术家的重要性。然而，这两个例子并不能够令人信服小野真正具有独立的艺术追求，他只是通过刻意筛选有利于自己的记忆，来调整自己失衡的心理。

然而，小野通过一系列片段式的回忆和间接的重叙，对自己不堪的往事进行了更加深入的剖析。日本战后的剧变促使小野对自我重新评估，尽管他并不完全懂得这样做的意义。他承认"不太理解年轻人的变化，在某些方面这确实让人苦恼"。他的孙子痴迷美国偶像"独行侠"让他不知所措。他的妻子在炸弹袭击中身亡，儿子健二在满洲战死。节子的丈夫池田具有强烈的反战情绪，对于"勇敢的青年为愚蠢的事业丧命"十分愤慨。自己的家人在战争中的经历，以及他们在战后与自己思想的种种不同之处，促使小野不断地回顾过去，考虑自己之前从未思考的问题。

在自我审查中，小野似乎意识到他在黑田身上施加了自己在老师和父亲那里曾经遭受到的压迫。他的父亲是个商人，在得知他在绘画上的抱负后，怒斥并羞辱了他。小野最终向军国主义靠拢的行为与他结识的朋友松田有关，松田利用了小野的脆弱、不安和对父亲的叛逆，把他诱导到军国主义道路上。松田的话反映了当时的社会环境和思潮，他声称日本只有通过海外扩张才能解决内部问题，就像欧洲人用社会达尔文主义为殖民扩张做解释那样,松田说道:"听着,小野,日本不再是个落后的农业国家……在亚洲,日本像一个巨人,可是我们却眼睁睁地看着我们人民处于水深火热之中,我们的孩子死于营养不良……你能想象任何一个西方国家允许这样的局面存在吗?他们肯定早就采取行动了。"

"行动?你指的是什么样的行动,松田?"

"现在我们应该打造一个像英国和法国那样强大而富有的帝国。我们必须利用我们的力量向外扩张。"

这之后便是小说的高潮部分,是小野一直避而不谈但不得不直面的事件——黑田被捕。日本的师徒关系等级分明,老师对学生倾注心血传授知识,对忤逆的学生会感到失望,一些老师甚至会毁掉学生的作品,小野的老师就这么做过。但在一次真诚的悔悟和反思中,小野承认"作为老师,不管多么有名,这样的傲慢和占有欲着实令人遗憾"。有了这层感悟后,小说结尾展现了小野释然的心情,他凝视着昔日常去光顾的"逍遥地"被夷为平地,改建成了商业中心。他坐在长凳上看着这一切,心中涌起对年轻时那些"灯火辉煌的酒吧"的怀念。但是,城市的重建让他感到"由衷的喜悦"。他祝福身边的年轻人,希望他们不再犯自己那样的错误。

这样一来,小说阐述了石黑一雄作品中一贯的主题:人们一向坚信并遵循的信仰,在一段时间之后会出现危机甚至被贬斥。《浮世画家》正是描写了个人与公共事件之间的紧密联系和复杂关系。通过描绘这幅有关师徒关系的社会图景,小说渐次揭露日本对别国的侵略行为以及后果,与这种师徒之间的关系有着共同之处。小野模糊地意识到自己对待黑田的做法是不对的,因为这与当初他的老师对待他的态度并没有什么实质上的不同。小说中有十来页的内容都在描述小野与他的老师之间的经历：他和先前的老师森山诚二决裂；当小野开始违背老师毛利君的观念时，毛利君收走了他最珍视的画作，还侮辱了他，说他离开这里就只能"给杂志和漫画书画插图"。上文提到的老师，有如此专横的态度，确实令人遗憾。然而当小野极力排斥黑田时，模仿的正是森山轻蔑的语气。昔日老师在学生心理上造成的伤害，无意中转移到了下一辈的学生身上。小野记不清楚"另辟蹊径"这个词是毛利君当时批评他所用的词还是他批判黑田的用词。他承认"也许这又一次证明了我继承了老师的特点"，是行为上对老师滞后的效仿。国家安全局的人来搜查黑田的住宅，烧毁他的画作，其暴力行为是小野父亲当年做法的再现——他在发现小野的艺术抱负后烧掉了他的作品。

小野整个艺术事业的发展始终贯穿着师徒关系。他的事业经过了三个发展阶段：第一阶段，他在一个商业机构工作，在这里的任务就是画那些让外国消费者看来觉得很"日式"的典型意象——"艺妓，樱花树，游动的鲤鱼和庙宇"。第二阶段，小野在毛利君组织的艺术家群体中工作，这一组织的重大意义是在毛利君的领导下，继画家喜多川歌麿之后开创日本浮世绘的新潮流。浮世绘是歌麿的典型图案，描绘日本被称作"浮世"的声色场所中的人物。在第三阶段，小野在松田的教导下，开始为极端爱国主义组织创作宣传画。这一组织后来被占领军所掀起的反法西斯浪潮倾覆。

在对《浮世画家》的解读中，人们倾向于关注小野事业的第二阶段，因为它具有伊甸园似的理想色彩。然而，仔细阅读就会发现，就算是这样的阶段，小野的思想也未能免于外界的侵蚀，已经埋下了小野日后所作所为的种子。在他事业的第一阶段，小野给外国买家提供粗劣的文化产品。在第三阶段，他创作战争宣传画。在第二阶段，西方影响仍很显著，并为后一阶段埋下伏笔。小野的老师毛利君被称为"现代歌麿"，因为他试图把歌麿的传统现代化。小野对此的看法很能说明问题：

"毛利君广泛运用通过女性的衣物来表达情感的传统技巧……但同时，他的作品充斥欧洲风格的影响，歌麿的崇拜者们会认为这打破了传统。例如，他早就不再使用传统的黑线条勾勒物体，而选用西方的色块，以光和影来制造三维效果。毫无疑问，他的核心风格也是借鉴了欧洲的画风，运用了柔和的色彩。"

当小野开始创作宣传画的时候，他的主要特点就是对这种欧式的或西式的色块技法的保留和强化。这种技法虽然源自国外，但通过他的改造成为自己的特色。小野在叙述中提到一幅他尤其喜爱的作品，名字叫《放眼地平线》。画上的标语是："没有时间怯懦地闲聊。日本必须前进。"小野说，刚来这个城市的人可能不知晓这幅作品。但是战前生活在这个城市里的人都知道它，因为它"笔触大胆，色彩效果强烈"。

从"传统的黑线条勾勒"到从毛利君的"柔和色彩"的运用，直到最终宣传画上的"强烈"色彩，小野的艺术发展代表了日本以西方为模板进行现代化建设和殖民扩张的核心。石黑一雄通过精心的情节设置，让个人和社会联系在一起，将小野的事业与松田所说的日本企图通过侵略朝鲜与中国赶超欧洲列强的国情相结合。小野坦率的语气和多处使用的"当然啦"等用语让人印象深刻。小说中提到，《放眼地平线》在 20 世纪 30 年代在这个城市赢得了一定的"荣誉和影响"，小野对这幅作品的自豪之情跃然纸上。

考虑到小野绘画事业的发展和帝国争霸的联系，小说的一个目的也许在于改变我们对于"日本文化"惯有的理解，它不是悬置在时间和历史的真空中，而是在混乱复杂的历史环境里不断演变，在所谓的纯粹日本风格中，其实已经融合了欧洲的影响。（关于这个主题，石黑一雄写过一篇故事"战后的夏天"，似乎是给创作这部小说热身。）

然而，这一点并不能为"二战"时期日本的扩张行为洗刷罪名，而是通过把故事放在更大的历史语境中让人进行更深刻的反思。可以说，《浮世画家》以一种间接的方式让类似《远山淡影》中谢林汉姆一样的人从"日本"与"西方"完全对立的观念中醒悟。关于这一主题，著名的学者弗雷德里克·詹明信（Fredric Jameson）在《现代日本文学的起源》的前言里做了更全面的阐述。这本书的作者是日本评论家柄谷行人。詹明信推荐这本书的理由是："它对于明治维新中强力构建的现代化身份、写作、文学和科学的分析不是对历史的重述，它让我们在了解日本现代化这场宏大的试验后，能够以一种从容的心态看待自己的发展。"[1]

其实，石黑一雄在更早期的作品中就开始强调了历史背景的重要性，这在前面的章节已经进行过相关的讨论。石黑一雄将"日本"放在特定历史时期中的主要目的，是在构建殖民者的自我认同感。

另外，《浮世画家》中不确定或模棱两可的特点值得探讨。小野对自己的人生进行了虽然具有局限性但很有收获的反省。尽管他浪费了人生中很大一部分时间去做了一些违反正义的事情，但他重获了尊严。小说采取的是心理现实主义的视角，让小野自我理解的过

---

[1] F. Jameson, "In the Mirror of Alternate Modernities," foreword to K. Karatani, Origins of Modern Japanese Literature, translation edited by B. Bary, Durham, NC: Duke University Press, 1993, p. ix.

程呈现出递进式特征。然而就在这种整体稳定的状态下，石黑一雄却在叙述的过程中给小说增添了强烈的不安定感，让人一次次怀疑之前的定论。如果忽略了这一强烈的转折，对小说的理解就算不上完整。

比较典型的例子出现在小野回忆黑田的家被搜查的那一章里。从小说整个的结构来看，从此处到结尾二十余页的内容至关重要。它引起读者的疑问：小野究竟有没有参与有实际影响的军事活动？在此前的章节里，小野的大女儿节子建议小野做一些"预防措施"，从而避免出现仙子的婚事受阻的情况。小野认为她暗示的是自己战前的活动，于是向松田求助。在商议仙子的婚事时，对方会调查家庭背景，因此小野希望松田能帮他掩饰，将他战前的活动一笔带过。松田保证关于过去他只会说"好话"。但后来节子告诉小野，一年前他在酒席上说自己在战争中做了很多事情，给日本带来了不好的影响，让在场的人都很吃惊。并且，节子否认曾经提醒小野做什么"预防措施"。这样来看，小野的叙述是自相矛盾的。

这一事实的扭曲引起了很多问题和各种推论。一种解释是，小野一直以来都过分强调了他战前的影响力，他只是在夸夸其谈。还有一种是，他的负罪感太过深重以至于记忆对过去进行了篡改。对于《浮世画家》中的种种疑问，我们可以把它放在一个现实主义的框架里检验。节子在否认曾经让小野采取"预防措施"之前，与小野聊到近来著名的爱国作曲家野口自杀为自己的工作谢罪。节子说野口先生的歌曲"在战时流传得很广"，但如果小野"也这么想就错了"，毕竟他"只是一个画家"。小野却仍然认为："毫不夸张地说，我当年也是个很有地位的人，但我给社会带来了灾难性的影响。"这样我们就明白，节子和仙子应该是故意贬低小野在战争中的影响和地位，怕他也会像野口一样采取自我伤害的行为，因此才说话前后矛盾。

另外一种解读方式则采取社会而非个人的现实主义视角，联系冷战时期各国的政治博弈，关注1949年新中国的建立，因为这一事件标志着美国在很大程度上丧失了亚洲地区的影响力。布鲁斯·康明思（Bruce Cumings）认为，这一进程促使美国加强日本国力来填补这个空缺。于是，美国按照杜鲁门总统的"全球政策"，转变了在亚洲的政治策略。其中一项战略是给臭名昭著的日本战犯恢复名誉，同时还对出狱不久的共产党发动"红色清洗"运动。结果，保守势力当政，日本直到90年代都保持单一党制的政体。①

这些历史细节解释了仙子之前的准新郎三宅为何抱怨"许多人又恢复了他们在战争中的位置"，一些人比战犯"好不了多少"。经过这番回忆后，小野的记忆变得混淆起来，他也许把三宅和池田说的话弄混了。这种记忆的含糊不清，以及小野时而责备自己、时而又为自己开脱的心理状态，与政策的几经颠覆也有关系。

从这个角度可以看出，小野的叙述反映了当时多变的政治气象，他从来不是一个彻底的改革煽动者。美国占领军时刻监视着法西斯主义的复辟，并对进步分子进行压制，现在很多学者和历史学家仍在热议关于这段历史的真实性和影响。综上所述，这部小说确实很难有一个确定的结局。不管是站在艺术还是历史的维度，一个开放的结尾才是一个更好的选择。

---

① B. Cumings, "Japan's Position in the World System," in A. Gordon (ed.), *Postwar Japan as History*, Berkeley: University of California Press, 1993, p. 37.

第三节 《长日留痕》

《长日留痕》荣获1989年的"布克奖",是石黑一雄最广为人知、最受读者喜爱同时也是最受争议的一部,其精湛的语言和艺术技巧,受到社会各界的追捧。剧作家哈罗德·品特(Harold Pinter)为此买下小说的影视权。制片团队Merchant Ivory将其改编成电影,由安东尼·霍普金斯(Anthony Hopkins)和艾玛·汤普森(Emma Thompson)主演,收获8项奥斯卡提名和3个奖项。小说入选很多学校包括大学的教学大纲。可以毫不夸张地说,它已经成为这个时代的经典。

故事发生在20世纪50年代,英国人史蒂文斯为美国商人同时也是豪宅的新主人的约翰·法拉第先生担任管家,小说以游记形式记述了史蒂文斯六天的行程,从史蒂文斯的视角以第一人称回顾了他为之前的房主达林顿公爵效力的二三十年代。在这段时期内,他曾和女管家肯顿小姐有过密切的交往。虽然两人的关系仅仅限于在肯特小姐的客厅里一边喝饮料一边愉快的讨论达林顿府的事务,但两人其实情深意笃。小说开篇,史蒂文斯正开车前往肯顿小姐(已经嫁为人妇)在康沃尔的住处。在她辞职的20年后,史蒂文斯想要以雇员短缺为由,邀请她回来工作。旅途中的种种遭遇促使他回顾以往重要的人生经历,让他第一次质疑责任、尊严和职业操守的意义。一直以来,他都相信管家的"伟大之处"在于竭尽所能为一个伟大的绅士效力,并因此为人类的事业尽一份力。达林公爵是绥靖政策和希特勒体制的支持者,史蒂文斯借职责之名偷听客人的谈话以便给公爵通风报信。他还根据公爵的指示，开除了两个犹太女佣。他没有珍惜自己与肯顿小姐的感情，在1923年为一次外交会议服务的过程中，他因为将管家的职责看得高于一切，未能尽到孝道去照顾楼上房间里濒死的父亲。

当史蒂文斯最后见到肯顿小姐时，发现她的婚姻并不顺利，也发现她也希望当初能倾诉衷肠。他悔恨地意识到自己当初犯下的错误，但是一切都太迟了。在小说结尾，他失落地坐在韦茅斯港口码头的长凳上。最后他痛哭流涕地对一个陌生人悲叹："达林公爵犯了错，与我何干，我侍奉他这么多年，我相信自己在做真正有价值的事。我真的没有做错什么。但问题是，这么做有什么尊严可说？"

《长日留痕》能够引起读者的强烈共鸣，必有其魅力之处。一部分原因在于它描述的不确定性、它对角色成功的塑造和对语言的灵巧运用。石黑一雄塑造的主人公始终扮演生活的旁观者，因此浪费了自己大半个人生。小说行文充满史蒂文斯式的严谨措辞，让读者感觉有一定的距离。然而，在一些重要的时刻，他的语言偏离了正式的文体，暗示他平静外表下汹涌的感情。一个例子是：当史蒂文斯评论人生"转折点"的几个重要事件时，他发现回忆中的重要时刻在当时来看并不明显，他根本没有想到那些不起眼的小事会让"整个梦破灭"。

石黑一雄在主人公的自我剖析上，逐渐显露其精妙的语言技巧，打破了第一人称叙述的常规。从某种程度上来说，小说中引人共鸣的正是那些让人捉摸不定的回忆片段。小说的一大特点还在于引导读者看到史蒂文斯的自我反省多么深刻，其近乎忏悔的心境拉近了读者和文本之间的距离。尽管史蒂文斯仍用刻意修饰过的语言进行自我辩护，但看得出来他认识到了自己的错。然而与此同时，他又对自己在等级制度中的角色表示了认同，似乎欣赏自己所犯的错误。

小说另一个吸引人的地方是它以"仰视"的视角窥探了那些高官达人的生活。当时，欧洲贵族的外交团体掌控政治大局，像达林顿府一样庄严肃穆的宅邸就是世界的中心。在停战期间，各国的重要人物都受邀来到达林顿府，参加讨论欧洲形势的非正式会议。达林顿府的地位可见一斑。这些人物都取自现实，包括：梅纳德·凯恩斯、奥斯瓦德·莫斯利、乔治·伯纳德·肖、约阿希姆·里宾特洛普、哈利法克斯勋爵、斯坦利·鲍德温、赫伯特·乔治·威尔斯和安东尼·艾登。在这个世界里有的是绿阴中的茶会，不紧不慢的礼节，以及礼貌谦逊的管家，简而言之就是与豪宅相关的整体文化。这个世界存在于很多人浪漫的想象之中，是很多中产阶级幻想着去拥有的地方。正如历史学家大卫·康纳汀指出的："在现代英国，没有什么建筑能像乡间别墅一样如此充满浪漫色彩，并且受人敬重。"① 对某些人来说，它代表着英国的文化和传统。

与此相反，小说在让我们一窥上层奢华生活的同时，似乎也证实现代英国的阶级分化已不再显著。当我们站在历史的高地，跟着史蒂文斯逐渐剥离僵化的等级思维时，我们能看到小说所反映的当代进步之处。在他去见肯顿小姐途中，他的思考与回忆相互交织。在驾车游览乡间景色时，史蒂文斯参考了一本简·西蒙斯（Jane Symons）写的旅行指南，叫作《英国胜景》。西蒙斯是达林顿府的常客，来自贵族阶层，在史蒂文斯眼中是和达林顿公爵一样站在世界中心的重要人物。达林顿尊贵的地位意味着他要承担相应的社会责任，例如，他需要处理欧洲"一战"后的危机，组织了两次非正式

---

① D. Cannadine, *The Pleasures of the Past*, London: Penguin, 1997, p. 99.

会议来解决问题，第一次在 1923 年，第二次在 1936 年。史蒂文斯就是在这两次会议中做出了重要的人生选择：第一次，他没能照顾临死的父亲；第二次，他没有在肯顿小姐受到他人求婚时表达自己对她的感情。为了遵守管家的绅士礼仪，他选择将事业置于私人生活之上。史蒂文斯对旅行指南的使用，也象征着对旧制度的生活方式的维护。这种生活方式背后的价值观包括等级、传统的家庭关系、对贵族的效忠义务，这在第一次世界大战后仍主导着人们的思想。尽管英国在经历各种社会变革后建立了福利制度，退出了帝国时代，这本旅行指南依然按照以前贵族的游览线路指引史蒂文斯。它让人相信达林顿府之类的地点是无可替代的世界中心。

  旅游的意义在于让人在地理位置的转变中，通过与景色、建筑和他人的相遇而验证自我。西蒙斯的旅行指南担当着以此显示等级制度的任务。然而，它没能达成这一目的。旅途中的两件事都打破了史蒂文斯对豪宅中森严制度的信仰。第一件事发生于汽车在多赛特抛锚后，第二件事发生在一个偏僻的村庄边汽油耗尽之后。这两桩意外让史蒂文斯遇见了更多的人，也促使他直面自己的错误。小说中不止一处显示，指南中的原则曾一度让他迷失。

  第一次事件发生在史蒂文斯的汽车散热器过热时，他不得不去一个宅院寻求帮助。给他帮忙的车夫打听他的职业，发现他在达林顿府工作。为了不至于尴尬，史蒂文斯回答因为达林顿公爵在战后的绥靖立场，他并没有为公爵服务。在这起事件之前的头几个月，当一对姓韦克菲尔德的美国夫妇来拜访法拉第先生时，他也对这个问题予以否认。韦克菲尔德夫妇质疑宅邸的历史，认为建筑的很多地方都是仿制品。法拉第听到这一说法之后，很不解："史蒂文斯，我想说，这是一幢货真价实的英式豪宅，不是吗？我花钱就是为了这个。你也是个货真价实的英国管家，不是什么服务生假装的，你是真的，不是吗？"时过境迁，史蒂文斯对达林顿公爵的尊敬已不如往年，美国人的消费主义喻示社会环境已经转变，法拉第的疑问印证了这股社会潮流。在他质疑史蒂文斯真实性的反问中，也反映出史蒂文斯自己的疑惑。

这之后的第二次事件是小说的高潮。汽油耗尽后，史蒂文斯不得不把车停在荒山上，下车寻求帮助。他在一个叫摩斯孔姆的小镇碰到了泰勒夫妇，受到了热情的招待。史蒂文斯的出现引来不少镇上的居民，他们都聚集到泰勒家跟他聊天。随着对于史蒂文斯地位的误解加深，小说的讽刺和幽默的意味愈浓。村民看他举止优雅，误以为他是一个高贵的绅士，就向他询问各种有关外交事务和政要的问题。史蒂文斯困窘至极，令人忍俊不禁。但这样的闹剧也有认真严肃的一面：哈里·史密斯，人如其名，是个典型的英国人，在不经意间触及史蒂文斯最看重的问题。他说，尊严不是上层阶级的专属，而是"这个国家的每个人都可以通过努力得到的"。他认为"这就是我们要打败希特勒的原因，如果他赢得胜利，整个世界就只会有几个统治者和数以万计的奴隶……生为英国人的好处就在于不管你是谁，你都可以自由地表达观点，用选票维护权利。所谓尊严就是如此"。这一段话对于史蒂文斯十分重要，因为史密斯的理解明显不同于史蒂文斯：前者的观点更接近战后的平等理念。史蒂文斯在细细品味他的话之后，最终领悟，在战前的社会秩序中，自己的地位其实很低微。直到这时，他才理解过去达林顿让他在履行职务的过程中被客人羞辱意味着什么。这也说明，史蒂文斯在回忆这一幕时依旧在为达林顿辩护。然而，这是他最后的一丝努力。在见到肯顿小姐后，他内心的痛苦让他的心理防线完全崩溃。旅途中的这两件事让他发现生活的真相，看到了自己走的弯路。这些描写都为他在小说结尾的顿悟进行铺垫。他最后承认：放弃自我就意味着放弃尊严。

除了以上主题，《长日留痕》中还有其他三点值得思考：它与石黑一雄先前作品的联系、它如何展现英国以及如何将社会发展与个人命运联系到一起。

关于第一点，我们可以看出《长日留痕》延续了石黑一雄先前作品的风格，在某些方面来说更是一部巅峰之作。将这几部作品放在一起阅读，有利于从新的角度理解作家的发展过程。在这一部小说发表之前，石黑一雄都被看作是东方文化的传播者。于是在《长日留痕》中，他用这个浑身上下散发维多利亚气质的主人公来摆脱这个标签。现在我们可以通过石黑一雄的三部小说来思考主题的连续性，包括考察三个主人公——史蒂文斯、《浮世画家》中的小野、《远山淡影》中的绪方——之间的相似性。

考虑到三部小说的共性，《长日留痕》中的主题与之前的小说具有延续性，场景的转变就有着深刻的寓意。作为哲学或存在的尴尬境地，这种自我迷失的人格在各种文化中并不存在实质上的差异。石黑一雄实际上通过对前几部里的人物特征进行重写，塑造了史蒂文斯这样的个性，推翻了认为这种性格特征只存在于日本的观念。因此，《长日留痕》在继承前几部小说思想的基础上，增添了一层内涵，扩大了解读的范畴。

1990年，石黑一雄在美国接受的一次采访中，被问到怎么看待《长日留痕》与其他"传统"作家作品的联系，这些作家包括萨默塞特·毛姆、伊夫林·沃、福斯特和乔伊斯·加里。他这样回答："它读起来确实有浓厚的英式口吻，我用'意外策略'制造了一些意外的效果：别人会惊讶，这个有日本名字和日本人模样的年轻人竟然写了这么本土的小说，英语能如此正式与标准。但我认为《长日留痕》和你提到的那些作家的作品在感情基调上有极大的不同。"①《长日留痕》是石黑一雄对身上标签的反抗。史蒂文斯典型的英国气质就是一个"意外策略"，刺激那些已经养成思维惯性的读者，改变他们对石黑一雄作品的一贯期待。这为小说清理了思想障碍，获得了艺术上更大的发展空间。如此看来，史蒂文斯和肯顿小姐为一个被摆错了的瓷器而产生的口角显得更加有趣。肯顿小姐告诉史蒂文斯，有一些中国瓷器已经有一段时间没有被好好地清理了，更严重的是，它们摆放的位置开始出现错误。她真正想要说的是，当时还在达林顿府上工作的史蒂文斯的父亲无法胜任现在的工作任务，他已经犯了这么多错误，是时候该退休了。但史蒂文斯出于对父亲的敬重，不愿听从她的建议。参照石黑一雄前面的话，这一情节似乎表达了更多的含义：它可以看成作者故意设置的玩笑，调侃思想僵化的读者面对变化时的迟钝心态。

另外，《长日留痕》被看成是反映英国风情的小说，与过去的时代密切联系。石黑一雄明确指出小说的这一特点，说自己写这本书的目的之一是在严肃的政治环境中重写沃德豪斯的作品。在前面提到的1990年的采访中，石黑一雄说他希望能颠覆某种神话："《长日留痕》描述的不是一个真实存在的英国……英国人应该比外国人更容易这样理解，我想要重新构建这样一个英国：有安详美丽的村庄，

---

① A. Vorda and K. Herzinger, "Stuck on the Margins: An Interview with Kazuo Ishiguro," in A. Vorda (ed.), *Face to Face: Interviews with Contemporary Novelists*, Houston, TX: Rice University Press, 1993, pp. 13—14.

有礼貌和善的村民，人们在草地上喝茶……现在，尤其在英国，一个贩卖怀旧情怀的产业逐渐兴起，畅销读物、电视节目甚至旅游中介都在重访过去的英国。这种英国风情缥缈虚幻，对它的怀念没什么不好。然而，它会被当作政治工具……用来打击想要破坏这个伊甸园的人。左派或右派的人可能都会这样做。那些掌握政权的人会声称英国如此美好，但是贸易团体所提倡的平等主义以及在英国发生的移民潮，还有60年代的混乱时期将这一切全都颠覆了。"

石黑一雄的反田园牧歌式的思想在小说中得到了充分的体现。史蒂文斯在旅行的第一天晚上反复回味白天在山顶上领略到的英国乡村面貌：

"早上当我站在那个制高点时，心里一种罕有的自豪感油然而生——我置身于某种伟大之中。我们叫这片土地为'大'不列颠，也许有人认为这太不谦虚。但我敢说，我们国家的景色足以担其美名。"

不一会儿，史蒂文斯就把英国如何成就伟大与个人联系在一起。他认为，国家的伟大之处与他职业中的重点——管家的"伟大"素质息息相关。他详述了这个职业标签所需的品质：

"有人认为只有英国才有管家。其他国家，不管用什么样的名头，都只有仆人。我很赞同这一点……欧洲人以及凯尔特人，都不怎么会抑制感情冲动，除了应付最容易的任务，他们没有什么专业素养……也就是说，这样的人缺乏'尊严'。"

这两段是对英式田园的展示和审视。石黑一雄说，这就是所谓的"伊甸园"，乡村和别墅组合成的英国意象自成一体，阻止任何外来因素。在他的山顶体验中，史蒂文斯将这种"内敛"的英国风景和美洲、非洲相比较，让人联想到非裔加勒比移民。他们在伦敦交通部门工作,帮助建设过国民医疗保健制度。多米尼克国家元首指出,20世纪40年代后期,他们的到来代表英国进入多文化、多种族时期。史蒂文斯使用过时的西蒙斯指南,将乡村和别墅作为抵抗外来文化最后的堡垒。其中暗含了某种程度的焦虑,间接表达了他对"外来"人口和文化的排斥。罗伯·尼克松(Rob Nixon)说,这是对历史经验的否认:"英式田园一直是假想中的国家象征,引人无限向往。理想中的英国是个风景如画、没有苦劳与暴力的伊甸园。但要维持这种完美形象,英国就得抹掉殖民历史,正如美国对掠夺土著人的历史进行选择性遗忘。"[1]

英国黑人作家迈克·菲利普斯(Mike Phillips)以个人经验对尼克松的观点进行了补充:"小时候有一次去格林威治的国家海洋博物馆,里面的雕塑和绘画让人特别压抑。在肃穆的场馆里,你要么看到一个傲慢的地主鞭打他的奴隶,要么那些展览完全忽略黑人的历史……那种所谓的田园只属于英国本土人,和我们无关。历史是粉饰的产物。"[2]

保罗·吉尔罗伊(Paul Gilroy)认为,1970和1980年代的保守政党势力用一套法律和秩序的说词构建理想社会。他们通过宣扬民粹主义,指责后帝国主义来引导舆论。他们部署战略,将黑人殖民视作"入侵的外族""内部的敌人",把政治犯罪和争端往激进分子和黑人身上推。在1987年的英国大选上:"爱国主义成为各党派热议的话题。工党认为英国应解决内部分歧,再次成为一个'完整的

---

[1] R. Nixon, "Environmentalism and Post-Colonialism," in A. Loomba, S. Kaul, M. Bunzl, A. Burton and J. Esty (eds), *Post-colonial Studies and Beyond*, Durham, NC: Duke University Press, 2005, p.239

[2] G. Coster, "Another country," *Weekend Guardian*, 1-2 June (1991), p.6.

国家'；而保守党则宣称英国要保持纯正，选民不能让社会主义者当政。争议的关键在于种族。"①评论家戈登·马斯顿（G. Marsden）指出，鼓吹维多利亚时代价值观是想要重建帝国。保守党试图恢复帝国权威，回到"黄金时代"。"自助、自立、企业家精神、个体的仁爱（而非国家救济）、法治、家规、矜持"是维多利亚时代的准则。②而且有评论称保守党也吸取了玛格丽特·撒切尔的治国方针。

这样来看，《长日留痕》实际上呼吁建设一个更加包容或多元的社会，而非回到20世纪60年代充满社会变革、劳工追求社会公平、外来移民到来之前的"美好"世界。小说描写了受困于传统礼节的史蒂文斯拼命克制自我的一生。联系1980年代的社会背景，当时全英国人都被号召实践"维多利亚式的价值观"，《长日留痕》这本书对这种专横的政策进行了尖锐的讽刺和批判。

在小说中，史蒂文斯的父亲将管家的职责看得高于一切，他最爱讲述的一个故事是关于一个印度管家，在遭遇突发情况时，为了让茶会正常进行，淡定地杀死了一只老虎。当史蒂文斯的父亲因过度劳累快离开人世时，史蒂文斯还在忙于工作，无暇顾及奄奄一息的父亲。这种对工作的投入正是对父亲的模仿和继承。史蒂文斯还有个哥哥，在布尔战争中的平民安置点里遭遇了惨无人道的袭击，不明不白地牺牲了。但当负责此事的军官来达林顿府会见雇主西尔弗先生时，史蒂文斯的父亲仍然尽心尽力地服侍他。通过这些细节的描写，《长日留痕》无疑打破了人们对旧世界的幻梦。值得注意的

---

① P. Gilroy, *There Ain't No Black in the Union Jack*: *The Cultural Politics of Race and Nation*, London: Hutchinson, 1987, p. 48.

② G. Marsden, "Introduction," in G. Marsden (ed.), *Victorian Values*: *Personalities and Perspectives in Nineteenth-Century Society*, Harlow: Longman, 1990, p. 2.

是，小说中的故事时间是 1956 年 7 月，正是苏伊士危机发生之时。苏伊士运河被埃及国有化后，仍由英法联合控制运营。但由于缺乏后勤保障和美国的支持，计划不得不中止，这被看成是英国的失败，时任首相安东尼·伊登（1897—1977）的声誉一落千丈。于是，与《浮世画家》一样，小说也将个人经历与特殊的时代背景联系了起来。安娜·玛丽·史密斯（Anna Marie Smith）认为苏伊士危机对于英国的意义如同越南战争之于美国。小说对这一历史背景一笔带过。在泰勒夫妇家中，村民们听说史蒂文斯认识首相伊登，都对他十分崇拜，其实史蒂文斯只是在他来达林顿府作客时见过他。小说中的人物哈里·史密斯发表言论，解释英国为何要反抗希特勒。但一个叫卡莱尔的医生并不认同，他支持帝国解体，小国独立。卡莱尔医生的观点和言论是传达石黑一雄所要表达思想的一个重要途径。当卡莱尔问起史蒂文斯是否是"仆人"时，史蒂文斯坦然承认。史蒂文斯以前也用过这个词，他认为不能控制情感的人不是管家，只能是"仆人"。小说暗示卡莱尔在 1949 年来到摩斯科姆帮助建设过医疗保健制度，他的责任感和对同伴的友爱代表了后帝国时代的道德观，打破了人们对维多利亚时代的执念。通过这些人物之间的争论，《长日留痕》动摇了旧时代的价值观，不同的观点之间的碰撞令人震撼、发人深思。

第四节 《无法安慰》

在《无法安慰》中，石黑一雄的风格开始向出人意料的方向转变。前三部小说都是以反映现实为主题的小说，而这部超现实小说情节奇特、变幻莫测，让很多评论家摸不着头脑。书中角色的德语名字、模糊的地理位置、混乱无序的行动和四处潜伏的危机感让人联想起卡夫卡的《审判》和《城堡》。小说开头，莱德开车到乡村的一个别墅，在里面兜了一圈，又突然回到镇上的宾馆。在小说中的另外一处，一个记者上前与主人公莱德搭讪，执意要采访他。莱德只好把儿子鲍里斯留在镇中心的一家咖啡店，让他点个小吃坐着等他。莱德和记者一起走到离小镇很远的地方。最后，他们来到一个路边的卡车停靠站，"是那种货车司机会停下来买三明治的地方"。然而，下一秒里他走进了站台的一扇门，见到了儿子鲍里斯。这种变幻无常的时间和空间，也是卡夫卡作品的特色。而且，如此奇特的时空转换也出现在石黑一雄的下一部小说《上海孤儿》当中。

《无法安慰》将现实与幻想奇妙融合，可以说是一部反映当代现实的寓言故事。在如今的消费主义社会，作家往往被包装成解答各种问题的精神领袖。石黑一雄借这部小说，讲述个人经历和体会，暗示自己试图摆脱这种对作家的期待。在某种意义上，它是《长日留痕》的再写。它创造了一种描写回忆和传记的新方法，拓展了小说题材的疆域，也提供了塑造人物和情节的另一种方式。

《无法安慰》有近五百页的篇幅，几乎是前三部小说加起来的长度。故事发生在欧洲中部或东部某个不知名的城市，著名古典钢琴演奏家莱德即将在这里举办音乐会。让他不解的是，城里的居民对他的能力抱有极大的期待，希望他能肯定这里的价值，改变当地文化，恢复城市的荣耀。之前一个叫克里斯多夫的人尝试过拯救当地的文化，但最终失败了。人们常把"危机"二字挂在嘴边，无奈地叹息生活在过去多么美好，他们希望挣脱苦难，盼望莱德能修复他们生活中各种破裂的人际关系。但书中并没有直接点明这座城市危机的根源在哪里。在整部小说中，莱德像无头苍蝇一样忙乱，陷入各种窘境，小说也因此制造了一种无奈又刻薄的黑色幽默。

在来到这座城市的三天中，莱德前前后后做了不少事情：为年轻人的音乐演奏进行指导、试图挽救冷漠的家庭关系、看了一场观众并不认真观看的电影。他在一次晚餐席间指责了一个酒鬼——没落的前指挥家布罗茨基。当他要进行一番演讲时，他的睡衣却一下松开，裸露了身体。他总能在路上偶遇大学和童年的好友。他在城里散步时发现整条街都被围墙堵住。他不经意间涉足当地关于马克思·萨特勒的政治事件，掀起了舆论的轩然大波。他向一个陌生人问路如何去一个画廊，那人叫他尾随一辆红色汽车，因为开车的司机就住在画廊旁边。他跟着这辆车在开阔的路上一直行驶了好几里。几经波折后，他终于到了画廊。他发现旁边空地上有一辆旧车，正是他父亲开了好几年的汽车。莱德也遇见了布罗茨基的前妻科林斯小姐，尝试帮助他俩恢复关系，但以失败告终。有时候，他竟能感应到其他角色身上发生的事，比如，他能复述科林斯小姐和一个年轻的钢琴家史蒂芬·霍夫曼之间的谈话。小说中的角色往往是双重身份，故事的本体摇摆不定：莱德在城里认识的索菲和鲍里斯也是他的妻子和儿子。随着小说发展，我们逐渐了解到史蒂芬其实是莱德的另一个自我，尤其从斯蒂芬在事业上的努力没有得到父母的支持这一点上可以看出两者之间的联系。布罗茨基也是他自身的一个侧面，反映了他对艺术家前途的担忧。

后来，莱德再也无法忍受外界的施压，发出"不要再对我提出要求了"的怒吼。在第25章，他最终能够挤出时间进行钢琴排练。莫名其妙的是，他的钢琴在一个山顶的木头小屋里，同时他还参加了一场布罗茨基为他死去的宠物狗布鲁诺举办的葬礼。经过这一切混乱的事件之后，不难预料，莱德最终未能展示他的钢琴技艺。小说以一场音乐会结尾，莱德站在场馆顶端的一个小橱柜内，以超现实的视角鸟瞰整个音乐厅。他看到史蒂芬演奏了曲目《玻璃激情》。他目睹布罗茨基指挥一支乐队，演绎另一个曲目《垂悬状态》。他还听了镇上的图书管理员背诵了一大段嘲讽布罗茨基的诗歌。音乐会结束后，观众散去。不一会儿他们又出现在一个巨大的洒满阳光的暖房中，其乐融融地吃早餐。没人来问莱德为什么没有表演、为什么缺席了音乐会。人们似乎有意忽视他的所作所为。音乐会结束后，莱德即将动身去赫尔辛基，显然是要继续旅行。他与父母疏远的关系没有得到缓和，而他既未能修复市民们之间各种破裂的关系，也没有对他们的生活产生实际的影响。

　　以上故事梗概展示了小说滑稽、荒诞和超现实的特点。小说考验了我们对故事情节的信任度，也显示了其丰富的象征和比喻维度。小说中对社会心理各方面的描写和探索也十分引人入胜，值得进一步探讨。石黑一雄曾说，为了满足日益扩大的读者群，他不得不到世界各地进行大量宣传工作，占用了他几乎三分之一的工作时间。在《长日留痕》获得成功之后，他在旅行上花了许多时间。在1990年《华盛顿邮报》的一次采访中，他叹息自己除了宣传活动一事无成，自从1988年后就没什么创作。有趣的是，那次的报刊头条为"作家的销售员生活：石黑一雄，忙于宣传，无暇写作"。石黑一雄在另一个采访中补充道，《无法安慰》展示的是当今世界局势的复杂性。它以虚幻的手法表达主题，即一个社会因崇拜错误的音乐艺术观念而堕落，因此当这个钢琴家来到这里时，人们都指望他引导他们走上正确的道路。这本书实际的寓意是揭示现在的社会过度依靠专家去解决问题，导致这一现象的原因是因为日常事务太过复杂，而让民众去参与民主活动的成本又过高。

鉴于以上内容，《无法安慰》在一定程度上是对当今名人崇拜以及日益商业化的出版业的讽刺。石黑一雄借此影射了对自己在艺术上的妥协和背叛的担忧，意识到为了迎合外界需求宣传售书，自己站在了错误的位置。这样一来就很好解释了小说中市民们为何对于莱德的到来怀有过分的期待，同时解释了莱德为何会接受源源不断的邀请，不断地发表对于各种世事的洞见和建议。这也揭示了莱德的前任克里斯多夫的命运，即当艺术家被群众赋予太多类似精神导师的价值之后的困境。小说也对媒体圈进行了批判，认为它们使当代的文化生活贬值，让作家卷入各种不相干的争议和争论中，向他们提出过多的问题。这种情形在小说中的一处细节得到了反映：莱德惊讶地看到自己的名字和照片登上了当地的报纸，文章标题为"莱德的号召"。文章没有说他究竟说了什么或者认同什么，我们只知道"第一页没有其他内容"。

小说中的两件事情将这种名人崇拜的戏码推向高潮。众人争论怎样体面地纪念一条死去的狗布鲁诺。争议发生在一场正式晚宴的过程中。一个看起来很尊贵的绅士动情地说了一番滑稽的话，他对布罗茨基说："先生，您的布鲁诺在城里的表现，我们有目共睹，他不仅深受我们的喜爱，他的地位尊贵，高于普通人，更不用说超过一般动物，换句话说，它为我们树立了高尚品质的典范。"

在这个可笑的致辞后，人们针对是为布鲁诺树立一座铜像纪念它，还是应该以它命名某条街道展开了热烈讨论，因为它是"这一时代最杰出的狗"。小说通过这一争论，以幽默的方式控诉了现代社会中崇拜名人的风气。

第二件事是史蒂芬的父亲霍夫曼在召开他组织的公众见面会之前，给了莱德一套异乎详尽的指示。霍夫曼作为莱德下榻宾馆的经理，长篇大论地对莱德宣讲见面会的每一个细节："现在，该先生您出场了……我从我们的体育中心借来了挂在室内的电子记分牌……一束光会照射下来，展示您站在舞台中心的位置……大厅会传来声音，开始念第一个问题。声音是由霍斯特·詹尼士发出的……他会缓慢地念出每个问题。他在念的时候，你头顶正上方的电子屏会同时显示单词的拼写。"

霍夫曼滔滔不绝的宣讲占据了几乎四页纸的篇幅，文中没有提到莱德可能想问的问题。霍夫曼声称他所说的所有内容都必须得到莱德的同意，但莱德根本插不上话。他的文化权威地位被生动滑稽地降格成了只能发出信号和手势的隐形人。霍夫曼想要莱德在每个问题快结束时做一些小动作，比如说"耸耸肩膀"，这样问答环节就能顺畅地继续下去。最终莱德不得不屈从于他的语言攻势，他说："在我对此毫无准备之时，我就陷入了一种神奇的梦一般的非现实感中。"他告诉霍夫曼一切好极了，并称赞他想得非常周到。霍夫曼对莱德使用电子提示牌的建议一定程度上揭露了尴尬的现实情境：艺术已经异化成了类似体育竞技的商业活动，喧嚣掩盖了实质，形式超越了内容。

《无法安慰》既然是描写一个艺术家陷入被各种外界事务缠身的窘境，就也可以被看成是另一种形式的自我表达，反映了石黑一雄在艺术上遭受压抑的个人经历。石黑一雄这样解释自己如何想要挣脱具体背景的束缚而大量运用隐喻："如果某一场景太过于具体，和某一真实存在的事物相对应，那么一个虚构作品就免不了这一层面的解读，即人们会说：'哦，那就是某个时期日本的样子'或者'他在描述1930年代的英国'。对于我来说，这是我不太能接受的地方。但我在尝试发展这样一种领域，位于直白的现实主义和某种假象之间，这样我就能创造一个既不会让读者感到异常陌生的梦幻世界，同时又不让读者认为是纪实的、历史的或者新闻报道类的故事。我想要让你们看到，我所创造的是所有人都能置身的世界。"①

在一次与作家比尔·布莱森一起参加的采访中，石黑一雄说："我有时候设想，假如我写了一本像卡夫卡《审判》这样的书，人们应该会发出'日本的司法体制多么奇怪啊'这样的感叹。"②这些评论的中心思想让我们懂得《无法安慰》的目的之一，是为艺术发展开拓新的领域。因此，石黑一雄借助于创造一定程度的晦涩来达到这一目的。他拒绝被贴上英国或日本文化输出者的标签，而是用卡夫卡式的表现手法营造一个欧式的或国际化的环境。同时，他将现实主义和幻想主义进行结合，来否定那些只对他的小说做字面解读而不理解其真实意图的文学评论。在小说某处，莱德对苏菲说："我发现跟法国人相处，比跟日本人相处还要难。真的，我在东京过得比在巴黎舒服多了。"这在整个五百多页的小说中只出现了一次，可以说是作者故意加入的出乎意料的自我表达。通过运用这种非现实的技巧，《无法安慰》尝试了风格上的创新，其中的一些写作手法也出现在石黑一雄后来的作品中，这标志着石黑一雄的写作进入更加成熟的新阶段。

---

① Vorda, A. and K. Herzinger, "Stuck on the Margins: An Interview with Kazuo Ishiguro," in A. Vorda (ed.), *Face to Face: Interviews with Contemporary Novelists*, Houston, TX: Rice University Press, 1993, pp. 16—17.

② B. Bryson, "Between Two Worlds," *New York Times*, 29 April: sect. 6, 1990.

同时，石黑一雄在《无法安慰》中又对《长日留痕》中出现的理解偏差做了新的解答。如果《长日留痕》中他对传统或者怀旧情绪的批判，被读者理解成完全相反的意思，被认为是想重新塑造英国昔日的美好形象，那么石黑一雄在《无法安慰》里再次讽刺了这种对衰落的惋惜之情。文中的市民们总是沉浸在某种奇特的病态或危机心理中，总是希望到了某个转折点，城市便不再衰落，他们便可以带着新的心情迎接新的时代。通过描写城镇居民们过分悲观的情绪、继而寄希望于传说中的文化救星，石黑一雄嘲讽了当今社会对历史的消费主义和虚假的怀旧情怀。尽管文中并没有给出他们悲观的原因，但从市民们害怕无法与斯图加特、安特卫普这样的城市匹敌来看，应该是后帝国时期文化转型的社会形态。

石黑一雄展现了被衰落阴影笼罩的社会缩影。其中一个人物——霍夫曼，一直对于自己不像妻子那样有社交能力和艺术天赋而耿耿于怀，他总觉得自己的生活"令人绝望"。霍夫曼受到一种长期却没有根源的思想包袱的压抑，整个城市的人们都或多或少有这种倾向，霍夫曼是众多类似的人物的代表。鉴于他们的担忧和惋惜并没有现实基础，石黑一雄示意人们有必要脱离这种情绪。《无法安慰》中的欧洲背景对此也许没有特别的意义，因为石黑一雄希望表达的是，要在社会上真正推行后帝国时代的新思潮，人们需要真正地去欣赏英国，并加强本国地域间的联系。

在文中某处，当莱德浏览一个房间墙上挂的"失物"清单时，关于英国的后帝国阵痛的暗示尤其明显。清单上最先列出的是普通的物品，像笔和钱包。然而，列表后半部分的物品变得越来越不切实际，莱德发现其中一条是成吉思汗，他丢失的是"亚洲"。石黑一雄以这种方式指出，人们对帝国时代的怀念实际上存在自相矛盾和谬误之处。

值得注意的是,《无法安慰》对门房古斯塔夫的塑造,似乎仿照了《长日留痕》中的创作观念。古斯塔夫是莱德刚到城市遇见的第一个人。他同时也是莱德的岳父。正如上文提到,小说在此使用了双重人格的手法。古斯塔夫给人的第一印象就是他像极了《长日留痕》中的史蒂文斯父子。他和莱德第一次见面时,就开始侃侃而谈他关于提行李的各种思考,这与史蒂文斯聊到管家的事务时就滔滔不绝一样。古斯塔夫抱怨这里的居民并不尊重他的职业,因为他们认为任何人都能胜任这项工作,而且在他们人生的某个阶段,都有"把行李从一个地方搬运到另一个地方"的经历。他邀请莱德参加宾馆门房协会在老城区每周日下午的例会,这个协会在很大程度上就像是《长日留痕》中管家精英们参与的"海耶斯社团"的变体。

接着,《无法安慰》中的一个精心设计的情节将故事推向滑稽的高潮。当莱德最后来看他们时,古斯塔夫和他的门房同事们上演了一出叫作"门房的舞蹈"的花样举重秀。表演中,古斯塔夫在一张咖啡吧台上一边来回走动,一边还要扛起逐渐增加的行李箱。在此之前,古斯塔夫总是以扛着很重的行李的形象出现。他渐渐不能胜任这种表演,最终因用力过度而亡,这与《长日留痕》中史蒂文斯的父亲因过劳而死的情节十分相似。为了回应自己为何没有在古斯塔夫临死前陪伴他,莱德的解释是因为自己马上就要上台了,而且还得回答关于这个社会的各种复杂的问题。他的行为和达林顿府中的史蒂文斯没能照看临死的父亲如出一辙:他们都过分看重自己的职责和能力,投身伟大的事业,却牺牲了自己的感情生活。

古斯塔夫与女儿苏菲的关系,在《长日留痕》中也有相互呼应的情节。古斯塔夫回想起苏菲小的时候,有一次她心爱的小仓鼠意外死亡，而他只是在她的卧室门外徘徊，犹豫是否该进去安慰她。他过分的疑虑和史蒂文斯在情感表达上的无能是一样的。在同事肯特小姐的姑妈逝世时，史蒂文斯也是在她的房间外来回踱步，担心如果他进去安慰她，可能会影响她安抚自我情绪。古斯塔夫说他知道和女儿之间的这种隔阂，而且女儿也理解并且尊重他。这样的情节是史蒂文斯性格中的情感障碍，甚至是受虐倾向的荒诞式表现。

另外，《无法安慰》还塑造了布罗茨基这个比较重要的人物。他是莱德在某些方面的另一个自我，在他身上影射的是莱德自己对艺术上的失败和对原则背叛的恐惧。市民们对布罗茨基不抱希望，他就放任自流。他专门在图书馆看大部头的历史书，似乎对于"古老王国"有着伤感的迷恋。一个城里的官员彼得森告诉莱德，布罗茨基有一天坐在图书馆中"挂着鼻涕"发呆。在《长日留痕》中，肯特小姐也用了同样讽刺的语言，她说史蒂文斯的父亲不应该被安排做那么多的工作。她说有一次看到"在汤碗上方，他的鼻子上挂着一大串鼻涕"。

小说对布罗茨基如此坦率的描述，加上莱德一心想要帮助他的事业让他东山再起，都增加了我们对他的兴趣。布罗茨基与科林斯小姐失败的婚姻与史蒂文斯和肯顿小姐的关系有相似之处。科林斯小姐一针见血也不无悲哀地指出，布罗茨基在成年后，多年以来都被童年事故的创伤所困扰。他的伤口已经随着时间愈合，但他却不愿走出悲伤。在书中的一个段落，科林斯小姐这样毫不留情地斥责他："'你的伤疤'，科林斯小姐轻轻的说，'你总是说你的伤疤。'她的脸逐渐扭曲变形，'我多么恨你！我恨你浪费了我的生命！……你那愚蠢的伤疤！那才是你的真爱，里奥，那是你一生的挚爱！……我和音乐都只不过是你索取安慰的情妇罢了。

你总会回到你的真爱那里的,回到那个伤痕里去!'"

如果这是《无法安慰》所讽刺的供人消费的廉价情怀,是石黑一雄想要读者理解的前一部作品的主旨,那么这在布罗茨基向葬礼上的人们说的一番话中彰显无遗。他告诉人们要在创伤还在流血的时候,舔舐伤口,也就意味着他鼓励人们保持并延长痛苦。根据科林斯小姐在上文中对他的指责,我们可以了解这种行为背后的心理原因。像很多小城里的居民一样,布罗茨基饱受一种有名无实的创伤的折磨。在科林斯小姐斥责他之前的音乐会上,布罗茨基上台不仅仅是指挥交响乐,实际上还在于他当众用一根铁做的衣架当拐杖,支撑一条腿一瘸一拐地行走,以赢取观众的同情。他的表演是某种"低劣的展示",他向观众展现的就是这种虚伪伤疤的存在。由于他在童年时期的一次事故中受了伤,因此那时就在一条腿上装了假肢。而他显然是在最近的一次车祸中丢了假肢,所以才用拐杖,但小说故意隐去这一点(只说莱德心不在焉地允许医生不用麻醉剂就切除他的一条腿)。这样一来,制造了某种让人屏息的紧张气氛。一个本来过去很久的事故——丧失一条腿——表现成了一个近在眼前的事件。

布罗茨基借在台上跛足行走的形式展示伤疤,并沉迷于此。科林斯小姐看出这一点,因此说伤疤才是他的真爱。接下来,我们可以用弗洛伊德所定义的哀悼和忧郁的区别来进一步分析。在他对该主题的经典论述中,弗洛伊德认为健康的哀悼具有现实意义,哀悼者能够渐渐减弱对逝者的依恋。逝去的可以是一个心爱的人或者替代性的精神寄托,比如一个人的国家、自由、梦想等等。塔米·柯里威尔(Tammy Clewell)在他的著述中说明,哀悼人陷入了某种"过度沉迷的状态,不断在脑中温习与逝者的回忆,创造一种假想中的存在"："这种对逝去之人的想象，能够让哀悼人反思关系的重要意义，理解在失去对方时自己真正失去的是什么……通过比较回忆和现实，哀悼人会发现往者不可追。弗洛伊德分析的哀悼过程会将爱的纪念转变成无果的回忆。哀悼自然到了决定性的终点。根据弗洛伊德的观点，当生者开始放下对逝者的感情迷恋，转而将感情赋予一个新的客体上，他/她便在这个替代者上获得了安慰。"[①] 布罗茨基明显难以在新的替代物上获得真正的安慰（科林斯小姐称它们为情妇），这表明他的哀悼演变成了忧郁，是病态的而且有损身心的。他的性情也反映了小说中其他角色身上的问题，如标题所示，这种性情也是整部小说的中心。

联系石黑一雄写作小说的缘由——写作具有某种"安慰或治疗"的作用，《无法安慰》中塑造的一系列人物也可以都看成是他的自我表现。石黑一雄之前发表的小说意在批判文化怀旧情绪，却被误读为流放或离散作家的自我建构，迎合了大众对传统的迷恋和不切实际的感伤情怀。于是，在《无法安慰》中，他尝试表达自己在这种社会背景中的情感纠葛，与《长日留痕》遭遇到的误读保持距离。

这可能看起来有点奇怪，一个作家想要一定程度地远离最成功的作品。但从 1993 年 Merchant Ivory 制作团队对《长日留痕》进行改编的电影中，我们也许就能理解这一点。这部电影将石黑一雄置于尴尬的境地，因为讽刺的是，书与电影表达了相互冲突的观点：前者费心抵制的却为后者所支持。因此，通过对前一部作品再创作，石黑一雄希望人们能重新理解和评价作品的思想。

[①] Clewell, T. "Mourning Beyond Melancholia: Freud's Psychoanalysis of Loss," *Journal of the American Psychoanalytic Association*, 52/1 (2004), p.44.

我们也能通过参照互文性的文本看出这种对前作的远离和重新创作的努力。"莱德"也是伊夫林·沃（Evelyn Waugh）在1945年发表的小说《旧地重游》中的一个人名。沃的书在1970年代被改编成热门电视剧。这可以说是Merchant Ivory制造的怀旧文化的先驱之作。石黑一雄在他的小说中提供了"莱德"的另一个版本，塑造了一个颠覆前者、更加病态的形象。

　　上文的讨论都专注于《无法安慰》中批判的主题和重写的特征，而另外最重要的一点，是石黑一雄在小说中尝试用独特的角度去表达当前的忧虑和创伤。评论界认为，他试验了一种新的写作回忆录或生活故事的方法。为了更好地说明这一点，以下列举了来自不同人的观点：

　　"这部小说是一个人的传记，但主人公并没有回忆自己的经历，他不断遇到各种人——也就是各种版本的自我，各种他害怕会发生在自己身上的结局。"

——雅吉（Jaggi）

　　"这样讲故事的方式也是我一直以来都想尝试的……我想让各路人就这样从某处偶然出现，他们不是主人公本人，却是他的过去、未来和他对未来的恐惧的映射。"

——斯坦伯格（Steinberg）

　　"这个角色遇到各种人，他们都代表他人生的各个方面。他们有自己的生活但也用来讲述主人公自己的故事……这就是换了一种写个人传记的方式，如果人们不理解这一点，这本书就会变得让人毫无头绪，无所适从。"

——史密斯（Smith）

　　一个角色进入这样的情境，他碰见的人们在某些方面反映了他自身，他在过去或未来的人际关系。他们并不是他小时候或未来的样子，但在这些人身上都有他自己的某种特质。这样的视角很吸引我，因为这就是对人们日常视角的夸张表现。我们总是精心利用他人的形象组织自己的话语。

——沃尔顿（Walton）

我们在小说中欣赏到了石黑一雄这种开拓性的尝试，这种非传统、非现实的"传记"写作手法。据石黑一雄自己说，这种"替身"手法有一个社会心理的来源，夸张地表现了我们与别人相处时的心理状态。并且从技巧上来看，石黑一雄的手法也是相当非凡和大胆的。石黑一雄在小说中运用了大量的双重人格（对等、预言和影射），这种极具张力的描写手法让倒叙不再必要。这种设定和安排对作家来说是巨大的挑战。在避免倒叙的同时，石黑一雄开创了全新的写作风格。回忆仍是石黑一雄作品中很重要的一部分，他将过去与现实交织，回忆在对现实的描述中变得鲜活。传统意义上的过去与现实的区别被消减，我们得以在两者的意象中来回穿梭，小说的视角也因此让人有眩晕感。例如，莱德在和鲍里斯参观一座建筑时，他竟然突然发现眼前的房子与很久之前在曼彻斯特居住的一模一样。

这种塑造人物的手法说明小说中情节的逻辑也是非现实的。也就是说，石黑一雄在《无法安慰》中探索了一种新的表现手法。一些评论家说，小说遵循了梦的逻辑。或者也可以说，小说经历了与古典音乐创作相似的过程。在古典乐曲里，一段新的音乐从前一段的乐旨中发展而来。一段简短的旋律或旋律线，通过扩充、叠加、复杂化，会逐渐发展成宏大的乐章。《无法安慰》中的情节似乎也遵循了这一发展规律。小说中，一个"伤痕"以各种形式扩大，大到影响了整个城市。小说还喜欢创建一种无意义或无效果的情境。当莱德要帮布罗茨基发言时，他的睡衣突然松开，一时间当众裸露了自己的身体。再后来，他碰到儿时旧友，却无法在别人的谈话中为她说一句话，他坐在那里，想说话却发不出声，他在镜子里看到自己的面庞"涨得通红，像猪头一样"。在小说结尾，莱德并不想演奏，连好好排练的想法都没有。如此错乱的逻辑发展替代了传统高潮的营造和起承转合的安排。可以毫不夸张地说，石黑一雄的尝试是令人惊叹的。他做出了大胆卓越的努力，保持了一贯高水准的创作水平。《无可安慰》中还有很多有待发掘的内容，石黑一雄给我们提供了一个可以反复咀嚼品味的作品。

第三章 创伤叙事的文化立场
——作家身份的他异性建构

人类在追求知识和情感的过程中，总是隐含着对某一"他者"的渴望，即人对于超越主观自我之外的他者的追寻与认识。文学审美活动是人类理性、情感与想象力活动的结合，充分地呈现了自我与他者的关系和自我趋近他者的过程，在此过程中，自我与他者不断相遇，从而达到自我的扩充与超越。作为文学活动中最重要的主体，作家在创作过程中，必须尽力去摈弃以个人自我或者时代自我为中心，自觉面对、相信、尊重和接受一个超越自身意识之外的他者世界、在共时和历时方面竭诚为自我与他者的相遇事件，并在这相遇中拓宽和超越为时空所局限的自我，从而建立作家具有他异性和独立性的文化身份。

石黑一雄的文学主张和文学实践，正是作家寻求突破自我、趋向他者，并由此建构作家独特主体身份的一个案例。石黑一雄一直处于不同文化的碰撞与冲突之间，对于母国日本而言，他是个漂泊在外的英国人，而他无论在谈论英国还是日本的时候，总是用"他们"来指代。这种复杂的文化身份，使得他自由出入于东西文化乃至全球化背景下的多元文化，既注重个人种族和文化身份的再现，又致力于创造无国界的文化融合空间。石黑一雄曾被称为"后殖民作家""移民作家""用英文写作的日本民族作家"，但他拒绝这些标签的同质性，力图展现自我独有的文化身份、立场和策略，始终致力于突破评论界对他的上述三种成见。他探索帝国主义与殖民主义之间的多义叙事空间，淡化个人移民经历并转换记忆视点，以及在小说主题和美学特征上建立无国界的国际化写作方式，以全新的方式审视世界，从而完成作家主体身份的他异性建构的过程。他不懈地探索和建立自己独特的文化视野和文学特质，在西方纷繁多变的文坛上自成一家。在石黑一雄身上，自我与他者不再呈现出一种对抗性的较量，而是充满流动性的融合与嬗变。石黑一雄以其独具的匠心，建构了一个充满张力的文学世界，他的写作展现出由封闭到多元空间、从自我到他者融合的时代特征，为理解和解决全球化背景下的多元文化冲突提供了一种新颖的方案。

第一节 创建多元叙事空间

石黑一雄幼年移民英国，他的名字、形象和作品都使人立即将他和日本联系起来。他早期创作的短篇小说，以及《远山淡影》和《浮世画家》等长篇小说的背景、内容以及小说发行时的封面插画都带有明显的日本文化元素，使得他在英国被称作后殖民主义作家。①评论家皮柯·耶尔将石黑一雄和具有后殖民主义背景的英国布克文学奖获奖者们归为一类，并认为他是一个"流亡国外的日本人"②。格雷厄姆·哈甘则把石黑一雄和卡尔·菲利普斯（Carl Philips）、萨尔曼·拉什迪（Salman Rushdie）都划归为作品畅销的外国小说家；他形容这些小说家"具有权威地位"，却认为他们的作品"应当是'次要的'的"。③在名为"当代后殖民主义和后帝国主义英文文学"的网站上（www.postcolonial.web.org），石黑一雄则与哈尼夫·库雷

---

① 石黑一雄的照片不仅出现在 Vintage 出版社出版的《长日留痕》的作者信息介绍中，也出现在费伯和费伯出版社出版的他所有小说作品的封底。如 Cynthia F. Wong 和 Brian W. Shaffer 等批评家也常常在评论石黑一雄的作品封面放上他的照片。几乎所有关于石黑一雄的网站也都展示了他的照片。

② P. Iyer, "The Empire Writes Back," *Time*, 8 February 1993, p. 46.

③ G. Huggan, *The Post-colonial Exotic*, London: Routledge, 2001, p. 84.

西（Hanif Kureishi）和提摩西·莫（Timothy Mo）一同被归为英国后殖民主义作家，而萨尔曼·拉什迪 和 V.S. 奈保尔（V.S. Naipaul）分别被认为是加勒比和印度作家。

石黑一雄本人十分抵触这种阵营划分，尤其反对评论家们将他和拉什迪、莫和奈保尔归为一类，认为自己的写作风格与他们并无多少相似之处。与其他三个作家不同的是，石黑一雄来自一个前帝国而不是前殖民地，并且他的作品并非以第二次世界大战后的日本去殖民化为主要内容。石黑一雄被归为后殖民主义作家所折射出的一个事实是：某些读者对日本帝国的历史并不熟悉，他们无意间把日本同印度、香港、新加坡等英国在亚洲的殖民地等同了。19 世纪晚期到 20 世纪早期英、法、德、美等国家的殖民统治通常会淡化日本在 20 世纪初已成长为一个令人恐惧的大国这一事实。实际上，在 1894 年甲午战争之后，日本对台湾和满洲享有绝对的控制权。俄日战争（1904—1905）之后，日本又将韩国确立为其保护国，并于 1910 年正式将其吞并。台湾、满洲和韩国直到"二战"结束前都是日本的殖民地。"二战"期间（1937—1945），日本的军事侵略深入到整个东亚，试图建立"东亚共荣圈"。人们通常误认为亚洲各国都被西方列强所控制，而事实上，日本在东亚地区建立了属于它的帝国。

另一方面，从文学作品的主题和内容来看，将石黑一雄与奈保尔、莫以及拉什迪等后殖民主义作家相提并论也并不妥当。比尔·阿希克洛夫特、加恩里·格里菲思和海伦·蒂芬曾就后殖民文学做出过明确的定义，认为世界各地的后殖民主义文学都应当基于一个事实——"后殖民主义文学脱胎于被殖民的经历，逐渐产生现在的形式，并通过前置与帝国主义力量的冲突及强调它们与帝国主义中心假说的不同之处来表达其自我肯定。"①

与前英国殖民地作家相比，石黑一雄并未拥有自己的故土被大英帝国蹂躏破坏的记忆。当奈保尔哀叹着英国这个庞大帝国的衰落，拉什迪嘲讽着英国这个前殖民者意识形态上的谬误，莫抒发着中国移民在英国这片异乡土地上的迷茫，对于石黑一雄来说，这却是一处充满多元叙事可能性的地理位置。与奈保尔、拉什迪和莫等作家在作品中提出意识形态上的诉求以及质疑英国中心地位的立场不一样的是，石黑一雄对帝国主义并未采取一种直接对抗的态度。在英国和日本之间，石黑一雄站到了第三个位置上，从那里他得以客观地观察日本和英国这对"二战"中的竞争对手是如何应对传统价值观的急剧腐蚀以及战后美国不断崛起的霸权地位。在《远山淡影》中，石黑一雄选择了日本原住民的视角来描绘处于这个历史节点上的英国和日本，通过一名日本孀妇悦子的痛苦记忆刻画了战后满目疮痍的长崎。悦子在原子弹袭击中幸存，随后选择在英国静谧的乡村过上独居生活；她女儿新近的自杀事件迫使她回忆起那些盟军占领的动荡岁月。《浮世画家》展现了日本年迈画家小野的回忆。他在战争期间对军国主义的拥护使他如今陷入无法解脱的羞耻和愧疚；社会结构的日新月异和无处不在的美国文化的影响使他产生了对战前日本的怀念。《长日留痕》则是从一名年迈的英国管家的视角来描写大英帝国的衰亡，展现了达林顿宅邸的所有权从英国贵族转移到美国商人手中的过程，其暗喻的色彩十分明显。主人公史蒂文斯一方面沉湎于对达林顿府的辉煌往昔的回忆，一方面又极力迎合美国

---

① B. Ashcroft, G. Griffiths and H. Tiffin, *The Empire Writes Back*, 2nd ed, London: Routledge, 2003, p. 2.

主人的品味。而将背景设置于英国和中国两地的《上海孤儿》展现的是"二战"期间英、中两国的政治和商业纠葛。英国探员克里斯多夫·班克斯在支离破碎的回忆中意识到，曾经品质高尚的塞西尔先生和菲利浦叔叔在他们的政治抱负和宗教因素之下既是犯罪者，也是受害者。

不可否认，石黑一雄的作品并没有完全回避殖民问题，评论家米拉·玉山和苏西·奥布莱恩通过后殖民主义视角研究《长日留痕》，并做出了令人信服的结论。玉山把征服者和原住民的殖民关系投射到主仆二人的关系之中，通过将达林顿老爷与管家史蒂文斯的关系比作"殖民者"和"被殖民者"，指出"石黑一雄运用那种精湛的简练而英国化文学形式——社会风俗小说——拆解了英国社会和它的帝国主义历史"[①]。奥布莱恩认为，石黑一雄在《长日留痕》中，批判了"使英国统治阶级在国内外的权利部署正当化的仁慈家长制观念"[②]。更准确地说，玉山和奥布莱恩所认为的后殖民主义元素，可以用工人阶级对他们在英国全球殖民体系中的同谋者身份的觉醒来形容，史蒂文斯这名管家对两次世界大战以及达林顿老爷参与纳粹组织的记忆，形成了从下（平民）向上（特权者）看的历史。玉山和奥布莱恩在史蒂文斯身上看到的历史观的微妙颠覆在《远山淡影》《浮世画家》和、《上海孤儿》等其他几部小说中也有所反映，这几部作品都通过在官方文件中被忽视或抹灭的平民记忆来展现"二战"的历史。

---

① M. Tamaya, "Ishiguro's *Remains of the Day*: The Empire Strikes Back," *Modern Language Studies*, 22/2 (1992), p.45.

② S. O'Brien, "Serving a New World Order: Post-colonial Politics in Kazuo Ishiguro's *The Remains of the Day*," *Modern Fiction Studies*, 42/4 (1996), p.789.

石黑一雄的小说不仅没有局限于表现前帝国及其前殖民地之间惯有的斗争，而且另辟蹊径地捕捉英国或日本在从前的侵略者变成现今的受控者这一过程中帝国主义的多元特质。《远山淡影》《浮世画家》及《长日留痕》的背景明显设置于"二战"之后的政治转型时期，并围绕三名主人公的个人创伤经历展开。美国凭借其无可比拟的军事存在和经济实力迅速替代了英国和日本等过去的强国，上升为一个新型帝国。石黑一雄笔下的后殖民主义元素与奈保尔和拉什迪的作品是不同的，其重点不在前殖民地对其一度被剥夺政权的再次强调，而在于前帝国近来也经历了其曾经施加于其他国家的伤害和耻辱，这一主题在众多小说人物身上得到了体现：史蒂文斯对法拉第美国式做派的微妙嘲讽，小野对美国影响力的激烈反抗，以及节子对美国财富的热切爱慕，共同表现了在面对外来霸权势力时原住民们受到的吸引和承受的痛苦。他塑造的平民叙述者有的来自捍卫胜利的英国，有的来自被打败的侵略者日本。石黑一雄运用一把双刃剑来剖析帝国主义：一方面对前帝国遭受的屈辱表达同情，一方面又对新兴帝国耀眼的粗鄙行径予以嘲讽。在表现日本人对以美国为首的盟军占领的态度时，石黑一雄同时展现了不同年龄和性别的个体的不同反应，尽管他们的态度不见得截然相反。比如，年长的人物倾向于怀念传统、抵制美国的影响（《远山淡影》中的绪方先生和藤原女士，以及《浮世画家》中的小野等），而年轻一代则将来自美国的影响视作日本未来发展的希望（《远山淡影》中的幸子和次郎，《浮世画家》中的恩池、太郎和一郎等）。而对于美国对战后英国日益深入的影响，石黑一雄也允许拥有多元社会文化背景的平民表达他们的态度；尽管史蒂文斯对美国人的粗鄙冷嘲热讽，他的同胞亨利·史密斯却由衷地欢迎美国人的民主和平均主义观念。

设定于战前中国的《上海孤儿》则从一个更广阔的视角来表现帝国主义,原因在于更加多元的竞争力量参与了那场争夺霸权的游戏。两次鸦片战争之后,中国这一曾经的强盛帝国走向了衰落,在小说描述的时期,中国处于内外交困的境地,在外被英国鸦片商、日本军国主义侵略者等西方势力包围,在内被地区军阀瓜分,小说充分展现了这一特殊时期的多重矛盾。

石黑一雄的小说作品既不是以帝国主义本身为核心,也并未谴责任何一个具体的帝国主义国家,他关注的重点是普通平民在战争浩劫中承受的痛苦。他的每一部小说都从个体视角出发,在那些令人不安且充满失落和遗憾的回忆中,展现战争重塑国际政治格局的过程,也许用"战后"而不是"后殖民"来形容石黑一雄的主题关注更为恰当,原因一方面在于《远山淡影》《浮世画家》《长日留痕》和《上海孤儿》等作品关注的重点都是"二战"造成的心理创伤和社会文化的重构;另一方面,"后殖民主义"一词,无论作为一个历史标签或对意识形态的描述,都有悖于前殖民者国家都正在经历一种非正式的殖民地化这一极具讽刺意义的事实。

第二节　个人经历的淡化和记忆视点的转换

石黑一雄6岁就移居英国,这使得许多评论家将他与其他拥有相似移民经历的作家相提并论。布鲁斯·金认为奈保尔、萨尔曼·拉什迪、布奇·埃梅切塔(Buchi Emecheta)、提摩西·莫以及石黑一雄等作家具有一种"新国际主义"的共同特质,原因是他们都"在英国文学的主流背景下描写了他们的祖国或者移民的经历"①。多米尼克·海德将移民作家定义为"多元文化角色",并把石黑一雄、拉什迪、莫和奈保尔列为这批作家的杰出代表。②

然而,给石黑一雄贴上移民作家的标签,很容易让人忽略他与其他移民作家的不同之处,事实上,石黑一雄在作品中刻意模糊了移民的主题。虽然移民背景使石黑一雄十分熟悉日本民族的特质,也赋予他在看待英国和日本时拥有的本土的外来者或外来的本土者视角,但这段经历本身在他的写作中并未占据中心地位。他并不像其他移民作家那样习惯在作品中前置自传性的细节,而是将自己的移民经历和思乡之情与其他角色的故事天衣无缝地结合起来,创造了身份各异的叙述者。虽然石黑一雄的每一部小说都将背景设置在多股文化力量的交汇点上,但事实上只有《远山淡影》中的悦子与石黑一雄本人同为移民英国的日本人。随后数部小说的叙述者,如《浮世画家》中的小野、《长日留痕》中的史蒂文斯和《上海孤儿》中的班克斯,则分别是生活在日本的日本人、生活在英国的英国人和暂时居住在中国的英国侨民。他不像其他移民作家那样通常利用他们自身或父母在异乡遭遇的价值观崩溃等作为主题,而是展现了更加多元的文化反思。《远山淡影》中的悦子是一名日本孀妇,她徘徊于一种由对伤痛过往的无知和恐惧引发的罪恶感中。《浮世画家》中年迈的艺术家小野增二为其在战争期间与军国主义的同流合污懊悔不已。《长日留痕》中,达

---

① B. King, "The New Internationalism: Shiva Naipaul, Salman Rushdie, Buchi Emecheta, Timothy Mo and Kazuo Ishiguro," in James Acheson (ed.), *The British and Irish Novel since 1960*, New York: St Martin's, 1991, p. 193.

② D. Head, *The Cambridge Introduction to Modern British Fiction*, 1959—2000, Cambridge: Cambridge University Press, 2003, pp. 156—87.

林顿府的管家史蒂文斯带着难以言喻的羞愧和悔恨,见证了他前任主顾的衰落。《无法慰藉》中名声显赫的英国音乐家瑞德因带着假想的历史使命来到一个欧洲小镇,却未能完成他的任务。《上海孤儿》中老练的英国侦探班克斯回到中国去寻找他失散的双亲。这些虚构的人物角色身上都不具有与石黑一雄或他的父母亲显著相似之处。相反,奈保尔、莫和拉什迪笔下的叙述者与都与作者具有明显的联系。《抵达之谜》中作者——叙述者的第一人称叙述是对奈保尔从特立尼达拉岛到英国旅程的一种半自传性表达。《酸与甜》中的角色对伦敦的中国社区的再度适应也与作者莫本人的经历相似,其中陈丽丽对拳击的精通显然和莫在现实中的职业拳击手身份对应。《午夜的孩子》的叙述者撒利姆·撒奈伊出生于印度独立日1947年8月15日这一细节直接表明了作者拉什迪的印度血统,并表达了殖民主义背景下构建印度历史的艰辛。奈保尔、莫和拉什迪都将主人公的痛苦表现为一个由地理位置变换导致的过程——从祖国到移民国家,而石黑一雄却认为这些痛苦是时间变迁的结果:从第二次世界大战到战后时期。石黑一雄创造的角色都笼罩在充满失落和罪恶的记忆之下,他们经历的是暂时的禁锢而不是精神上的流离失所,原因是他们既无法在变幻莫测的现实中站稳脚跟,也无法逃离那些关于过去灾难的可怕记忆。

在创造小说角色时,石黑一雄采用了多变的手法和分散的记忆视点:每个叙述者都逐渐融入所处的环境中。在两种或多种文化的交汇处,石黑一雄诠释了一种超脱的空间,能够促使个体对个人损失产生思考,并把形态各异的社会卷入一场意识形态争辩以反映它们各自的缺陷。他在小说中嘲讽了那些处于不同社会集团的利益冲突中的人的自以为是和自我欺骗,从而使得每个关于战争记忆的辛酸故事都因作者对一些观念的巧妙颠覆而增色并更加复杂化。值得注意的是，石黑一雄笔下的叙述者不仅包括移民社会的边缘化个体，也包括生活在战争后方的本土居民，即那些从未离开过祖国的人。《浮世画家》就着眼于日本画家小野对美国影响力的理解：小野认为大力水手和独行侠这些美国文化的入侵，已经破坏了日本传统的根基，造成社会和谐的破坏以及尊重长辈观念的沦丧。《长日留痕》则从管家史蒂文斯的视角描写了英国社会是如何迅速屈服于美国的经济和政治霸权。管家史蒂文斯极力迎合着他的美国主人的古怪的需求，尤其是他嘲笑别人的毫无教养的偏好。

在移民或种族离散的语境下研究石黑一雄的作品时，必须谨记在心的是，虽然他将自身的跨文化经历渗透到作品叙述者的个人经历中，他和每个叙述者的联系来源于怀旧情结造成的印象式忧愁以及他们丧失亲人的伤痛，而不是他经历的现实事件与他们经历的虚构事件之间的吻合。石黑一雄笔下的叙述者们对辛酸过往的回忆是来自他们在祖国的生活，而不是移民后在异乡的艰难经历。这些叙述者被困在一个特定的时间段内，失去了向前继续生活的能力。石黑一雄所表现的疏离感源于内心深处，而并非从外部强加，因为战争已经极大改变了社会结构和个人生活，以至于个体无论生活在本国还是外国都一样会感到不安——这正是石黑一雄通过淡化个人移民经历，转而以多元的视点去展现的内容。

第三节 无国界的国际化写作方式

除了被称为后殖民主义和移民作家外，石黑一雄有时也被认为是一名用英语写作的日本民族作家。尽管石黑一雄本人不愿承认，但事实上亚洲血统确实为他开辟了成功的捷径。在一次与艾伦·沃达（Allen Vorda）和吉姆·赫辛格（Kim Herzinger）的访谈中，石黑一雄坦言，作家萨尔曼·拉什迪（Salman Rushdie）的作品《午夜的孩子》在1981年引起的国际性关注迎来了一大批民族作家。正是英国这种多元文化的潮流为他在20世纪80年代初开始从事文学创作创造了条件。[①]在将《远山淡影》的一夜成名归因为他的日本面孔和日本名字的同时，石黑一雄也深刻地意识到，日本人标签开始成为一种束缚，阻碍他成长为一名艺术家和成功的作家。日本民族作家的这个标签一度帮助石黑一雄的文学早期生涯在英国竞争激烈的文坛获得成功，但在当下这一标签则可能将小说家写作风格以及主题范围限制到一个种族他异性的边缘地带，其后果是人们会忽视他作品的背景设定、人物形象、主题关注的多样性。更糟的是，它会不时错误地将石黑一雄运用的偏离主题的写作技法归因于他对日本修辞模式的继承。

  诸多评论家把石黑一雄低调的叙事方式归因为日本作家自我压抑的修辞习惯，并在他的作品中发现了显著的日本民族性标志。石黑一雄于1986年为川端康成的《雪国》和《千纸鹤》的再版撰写了引言，向西方读者介绍了日本的文化背景及文学传统。他的引言展现了一个本土人娴熟的知识。随后在2000年，他又在《早期日本小说》中再版了《不时的陌生悲伤》《一次家庭晚餐》和《战后的

---

① Allan Vorda and Kim Herzinger, "Stuck on the Margins," in Allan Vorda and Daniel Stern (eds), *Face to Face: Interviews with Contemporary Novelists*, Houston: Rice University Press, 1993, pp. 1—36.

夏天》。这几篇小说，如石黑一雄在他为《早期日本小说》写的序言中所说，构成了"一个名为'日本'的充满丰富细节的地方——我在某种程度上属于那里，也是从那里我获得了我的身份认同感和自信心"①。对于他创作的几部长篇小说，瓦莱丽·潘顿认为："《浮世画家》表面上具有明显的西方特征，但在其深层的内在则有强烈的日本特质。"对于《浮世画家》和《长日留痕》，彼得 J. 马利特评论道："石黑一雄对其笔下人物循序渐进的表现方式受到日本温和文化的影响，也是他写作艺术的总体特征。"②另外有许多评论家将石黑一雄的写作诗学与这种日本美学联系起来。斯坦利·考夫曼则对《远山淡影》和《浮世画家》中的"日本特征"印象深刻，因为这两部作品表达了"一种缄默的、笔刷轻触纸面一般的效果，以及去唤醒而不是创造形式的目的"③。潘顿、马利特、金以及考夫曼基于石黑一雄早期的作品《远山淡影》《浮世画家》和《长日留痕》的评论，使人将他的叙事风格同日文独特而错综复杂的修辞技巧联系起来。但是，这种偏离主题的克制风格并不是日本人独有的，英国人也同样崇尚类似的缄默含蓄的效果。《长日留痕》被广泛誉为极具英国特色，令不少人感觉其写作风格甚至比英国人还英国化，这无疑是对石黑一雄的作品都散发着日本气息说法的否定。如果像小说

---

① ［英］石黑一雄：《早期日本小说》第二版，伦敦：贝尔蒙特出版社，2000 （Kazuo Ishiguro, *Early Japanese Stories*, London: Belmont, 2000）。该书的米黄色封面上以蓝灰色的格子状图案为装饰，具有简约的日本风格。其中每一篇小说都采用了艾琳·霍根所绘具有印象派风格且色彩暗淡的插图。封面设计及霍根的黑白色插图共同表明，石黑一雄试图给他的早期作品附上表现他对日本的记忆的副文本。

② P. J. Mallet, "The Revelation of Characters in Kazuo Ishiguro's *The Remains of the Day and An Artist of the Floating World*," *Shoin Literary Review*, 29 (1996), p.19.

③ S. Kauffman, "The Floating World," *New Republic* (6 November 1995), p.43.

的嘲讽者和文学批评者所描述的那样，史蒂文斯代表了典型的英国管家形象，那么他在《长日留痕》中的修辞艺术所呼应的是他所仿效的英国贵族的修辞风格，而不是源于石黑一雄日本血统的散漫的写作风格。

评论界将石黑一雄的种族身份和美学手法密切联系起来的原因，在很大程度上源于他在20世纪80年代早期小说创作中确立的东方异族人形象。当时包括格兰塔、费伯和维塔奇出版社在内的出版商和编辑刻意强调石黑一雄的日本人出身，将其作为市场营销策略，并且持续性地决定了他后续创作的小说被营销和接受的方式，让读者对石黑一雄的民族身份产生了难以磨灭的印象。

各个出版社大肆宣传石黑一雄的日本出身只是为了促进其作品销量，而关注石黑一雄亚洲背景的批评家们则认为他的写作风格在一定程度上是由其文化背景预先设定的，这种假说的确反映了石黑一雄的作品和日本的修辞、电影、绘画艺术之间的平行关系。但这些热衷于种族划分的评论者们也许忽视了他的"日本"长篇小说（如《远山淡影》和《浮世画家》）与他的"日本"短篇小说（如《不时的陌生悲伤》《战后的夏天》和《十月，1948》）之间的明显差异。这些作品表明，石黑一雄在创作长篇小说时运用了与短篇小说明显不同的写作策略。

《不时的陌生悲伤》中，生活在英国的日本女性美智子，回忆了她与好友安古对未来的美好向往。然而残酷的现实是，原子弹爆炸夺取了安古的生命，也摧毁了整座城市。美智子虽然已在英国安定下来，却仍沉浸在挚友离去以及梦想破灭的痛苦中。《不时的陌生悲伤》的故事情节与《远山淡影》十分相似：两者都描绘了原子弹摧毁的一切，以及幸存者们受到挥之不去的回忆的折磨。但是，《不时的陌生悲伤》与《远山淡影》相比缺少了表达上的委婉特征：美智子是按照时间顺序讲述她过去的经历，而《远山淡影》中的悦子却是通过叙述一位也许是假想的朋友佐知子的痛苦，以婉转的方式来揭示她自己过去的生活。《不时的陌生悲伤》中对人物的心理描写是直接而清晰的：美智子毫不掩饰她对在安古死于原子弹袭击前与之发生激烈争吵的懊悔之情。与之相反，《远山淡影》对悦子的描述更为复杂。她一度沉浸于战争带来的伤害中，并为女儿景子的自杀深感羞愧，责备自己没有尽到母亲的职责。在通过一系列偏离主题的叙述来展现其充满负罪感的过去之后，悦子在故事的末尾暗示读者，也许她自己就是那个轻率的佐知子，而佐知子的女儿万里子，其实就是心理上倍受折磨的景子。同样，《战后的夏天》和《十月，1948》也表明，石黑一雄在短篇小说中运用了较为直接的描述手法。这两篇原本各自独立的小说后来都被吸收到小说《浮世画家》中，连原小说中小野、一郎、晋太郎、黑田及川上太太等人物名字，连同人物扮演的角色、人物关系及性格都被原本地保留下来。《战后的夏天》的叙述者一郎回忆了他在祖父的家中度过的童年。在那里，他目睹了曾经是一名显赫的艺术家的祖父被他从前的学生们背弃的过程。《十月，1948》的叙述者在他常去的逍遥区散步时回忆起他事业的高峰期，以及他的学生们曾经赋予他的荣耀。《战后的夏天》和《十月，1948》共同构成了《浮世画家》的主要情节：年过花甲的艺术家小野在战后发现自己固守的传统价值观的崩塌以及年轻一代的叛逆不羁时所面临的失落和不安。尽管主题相似，但是《战后的夏天》并没有通过对主题的偏离和委婉的表达来展现退休画家的悔恨之情，而是通过一郎天真的视角和童稚的语言将年轻一代的困惑和痛苦以一种线性的、无拘无束的方式表现出来。《十月，1948》重点突出了老画家对其往昔影响力的追忆，包括他在艺术领域里曾经把持的权力，以及学生们曾经堆砌在他身上的溢美之词，而不像《浮世画家》那样去关注老者经历的心理创伤。与《远山淡影》和《浮世画家》所对应的几篇短篇小说体现的相对线性而直接的故事结构表明，委婉迂回的表达只是石黑一雄运用的一种叙事手法，而非他与生俱来的日本特性。

另外，从《远山淡影》和《浮世画家》中的景物描写可以看出，石黑一雄并未有意表现真实的日本，而只是将日本作为展现战争对社会造成破坏的一个历史背景。《远山淡影》渲染了一幅战后长崎的印象派图景。悦子在展开讲述过去在狭小城郊的生活时回忆道："我和丈夫住在东边的城郊，离市中心有一小段电车的距离。"而且从她所住公寓的窗口，能看到"远山隐藏在云间的模糊轮廓"。对城市的描写似乎就像这些远山的轮廓一样模糊——只能远远地看清局部。在她对战后的长崎难以言喻的往昔回忆中，街道名称和其他地名很少出现。在《浮世画家》中，日本以西方人所熟知的特征出现，却并不是一个精确的地理标志。与《远山淡影》类似，《浮世画家》的背景设置在一个只有最低限度地域特征的隐喻性的日本。小野生活的城市在小说中始终具有印象主义特点：无论他住在哪里，他都只是简单地称之为"那座城市"。城市里的地点不是跟它们所有者的名字相联系，就是以它们的别称出现。在整部小说中，小野家附近的小桥都被称作"犹疑桥"，而川上太太经营的酒馆也被称作"川上太太的酒馆"。正如他最大程度地弱化对地名的精确表述，石黑一雄在小说中也极少使用日文；即便出现日本词汇，也大多是小说人物的名字或少数的地名。日文词汇的缺失进一步表明，石黑一雄更多地把日本当作一种象征性的存在，而不具有事实上的地理意义。

作为小说家,石黑一雄对故乡保持着一种超然的态度。在石黑一雄的早期创作阶段,他作为一名日本民族作家被广为知晓,而且他从这一种族他异性与东方异域文化之间既成的联系(主要在西方世界)中获益颇丰。但较之石黑一雄后期的创作而言,关于日本的作品只是他文学创作的冰山一角,后来石黑一雄大胆进入一个背景更多元化、主题更普遍化的领域。石黑一雄在多次访谈中表示自己致力于国际化小说的创作,国家化小说"包含了世界上各种不同古文化背景的人们都具有重要意义的生活景象",展现国际读者所真正关心的问题。《长日留痕》《无法慰藉》和《上海孤儿》等石黑一雄的后期作品就推翻了一系列关于他的写作的"日本性"的假定,比如他精致而婉转的写作风格在一定程度上源于他的种族出身,或者他的日本人出身限定了他作品的主题关注的历史和地理参量。《长日留痕》《无法慰藉》和《上海孤儿》的背景分别设置于英国、欧洲、中国/英国。这表明,除了他家乡原子弹爆炸事件,石黑一雄也关注其他国家和社会的战后调整,他探讨了人类共同关注的主题,并创造了来自多元生活背景的角色。在诸多访谈中,石黑一雄都坦言,他对日本的仅存有片段式的记忆,而且相对于日本传统文化而言,他更多地着迷于西方的文学传统,并受到陀思妥耶夫斯基、契诃夫、狄更斯、海明威、普鲁斯特和夏洛蒂·勃朗特等欧美作家的启迪。他将他们视为榜样。

事实上,许多评论家都承认并赞赏石黑一雄小说中的国际视野。马尔科姆·布雷德伯里认为,石黑一雄的作品与茹玛·高登(Rumer Godden)、露丝·鲍尔·贾华拉(Ruth Prawer Jhabvala)和迈克尔·翁达杰(Michael Ondaatje)等跨文化作家的作品具有风格上的相似性,原因在于"他们都将英国化的写作手法同其他形式的小说叙事传统结合了起来,达到了极高的水准,并创造出一种国际化、后现代的小说叙事方式和风格"①。事实上,石黑一雄与同时代作家的作品的主题关联是显而易见的,他与许多当代小说家一样,在作品中表达了对战争暴行,尤其是"二战"造成的灾难性后果的关注。例如,石黑一雄的《十月,1948》就与米兰·昆德拉、多丽丝·莱辛、约翰·厄普代克、内丁·戈迪默(Nadine Godimer)和格雷厄姆·格林(Graham Greene)等在国际上享有盛名的作者的作品一起收录在格兰塔出版社出版的一本题为《当等待一场战争》的特别文集中。A. S. 拜厄特在对当代英国历史小说的研究中发现,蒂博尔·菲舍尔(Tibor Fischer)与石黑一雄的作品之间存在主题上的呼应:菲舍尔在作品中重构了"他父辈时代的共产主义匈牙利",而石黑一雄创作的是"战后世界的困惑与重构中深刻而复杂的寓言式小说"。②石黑一雄和菲舍尔都试图在作品中表现让家乡遭受蹂躏的军事暴行和政治剧变。辛西娅·黄赞赏石黑一雄既作为外来者窥视内部又作为本土者观察外部的双重视角,并认为"将石黑一雄的日本血统视为其写作素材的主要来源"的观点是狭隘的。而大江健三郎则明确指出,作为"一名'用英语写作的作家'",石黑一雄巧妙而深刻地探讨了一系列人类共同关注的重大问题"③。如前文所述,评论家们在石黑一雄的作品中观察到的国际性视野和当代风格表明,除了日本文化的影响之外,西方文学传统、历史性事件、个人创新等元素共同塑

---

① M. Bradbury, *The Modern British Novel 1878—2001*, rev. London: Penguin, 2001, p. 476.

② A. S. Byatt, *On Histories and Stories*, Cambridge, Mass.: Harvard University Press, 2002, p. 4.

③ Cynthia F. Wong, *Kazuo Ishiguro*, Plymouth, England: Northcote House, with British Council, 2000, p. 10.

造了石黑一雄独特的写作风格。

当今世界，文化生产的去国家化过程已经越来明显，康克利尼指出："跨疆域的关系越来越比国家的代表性更具决定性，而多元文化的联盟越来越比认同某一特定文化要来得重要。"①日裔美国学者三好将夫（Masao Miyoshi）曾经提出文学地球主义（literary planetarianism）的理想，以此取代排外的家族主义、社群主义、国族性、族裔文化、区域主义、全球化，甚至人文主义的想象。他呼吁世人应该超越各种限制自我或者排斥他者的思考，建立一个空间共有与资源互享的世界。石黑一雄的文学实践，与上述学者的主张不谋而合。今天的世界已经不再是站在西方土地上的单向度想象，文化的差异不再是西方人眼中遥远的他者，这是世界范围内的频繁接触、人为的文化边界不断被打破的结果，在此意义上，文化的冲突恰恰是发生在个体自身的内部。贝克发明了"内化的他者"这个词汇来界定这种发生在一个人身上的多种文化与理性的冲突，对话以及个体所经验到的多种生活方式的并存，从而使带有竞争意味的个体的自我反思、批判、理解以及容纳多种相互的能力也大为发展。

石黑一雄的作品读者群的数量和异质性与其小说背景设置、创作手法的规模和多样性是对应的。随着他的小说作品被翻译成多种语言，他的读者也扩展到法国、德国、日本、中国内地和台湾地区以及其他亚洲国家。后殖民主义、移民、日本人等标签以祖国/本土文化和移民/侵略者文化的对立为前提，但并未抓住石黑一

---

① Nestor Carcia Canclini, "Cultural Policy Options in the Context of Globalization," in Gigi Bradford (ed.), *The Politics of Culture*, New York: the New Press, 2001, p. 307.

雄作品，尤其是其后期作品的本质特征。事实上，他的小说最重要的特征是"国际性"，即他的写作内容和写作对象具有国际性或世界性，而不是指他的身份和国籍。将石黑一雄理解为一名国际作家或世界作家可以促使读者将他的日本血统视作塑造他的写作风格的诸多因素之一，从而以更宽阔的视角来评价他的作品。最重要的一点是，如此理解石黑一雄，表明了他在穿越地缘文化边界时，以外来者敏锐的视角表达本土居民内心深处最关切的问题的过程中取得的一种平衡状态。

如皮埃尔·布迪厄（Pierre Bourdieu）所说，如果一部作品不是被再版两次，而是上百次的话，那么作品的作者就同样必须接受出版社、广告商、文学评论家、学者以及读者持续不断的评价和再评价。[①]随着石黑一雄作品在世界范围内被越来越广泛地阅读，其人及其作品不可避免地受到矛盾的评价。面对"后殖民主义""移民"和"日本民族作家"等标签，石黑一雄以坚持不懈的创作实践，通过建立帝国主义与殖民主义之间的多义叙事空间、淡化个人移民经历并将历史融入多个记忆视角以及在小说主题和美学特征上建立无国界的国际化写作方式，将自己特有的身份杂糅性和不确定性所带来的痛苦和反思，注入他的国际化写作中，为解决全球化背景下多元文化冲突提供了一种新颖的方案。他的写作展现出由封闭到多元空间、从自我到他者融合的时代信息，并展示了一个作家如何以全新的方式审视这个世界，从而完成自己主体身份的他异性建构的过程。

---

① Pierre Bourdieu, *The Field of Cultural Production*, ed. Randal Johnson, New York: Columbia University Press, 1993, p. 111.

第四章

创伤回忆的叙事策略

CHUANGSHANG HUIYI DE XUSHI CELUE

石黑一雄是一位书写历史创伤的大师。他并不采用"幸存者文学"的现实主义手法再现创伤性事件,而是执着地探寻历史的内在真实,即从个体的角度探寻历史事件背后的个人命运和内心情感。这不仅更能透彻地揭示历史创伤的实质,同时比求得外在的真实更能体现作家的思维活力和主体创造精神。

作为一个幼年即移民到英国的日裔作家,他的跨文化经历使得他以特殊的文化身份和视角去审视和展现创伤,为遭受痛苦的人们提供创伤之后的反思、慰藉和勇气,并探讨创伤记忆与当代人的当下存在和自我感受的关系——石黑一雄正是将此视为一己之责,他曾说:"现实世界并不完美,但作家能够通过创造心目中的理想世界与现实抗衡,或找到与之妥协的办法……我认为严肃的作家就要勇于创造,朝着未知的方向探索。"[①] 作为一个有着世界性声誉的杰出作家,他对历史创伤的书写已经引起了广泛的关注和研究。本章选取他的主要三部小说作为蓝本,包括《浮世画家》《长日留痕》《上海孤儿》,探讨他对创伤历史的独特视角和书写策略。石黑一雄在小说中采用特殊的叙事策略,通过"我"的多样性投射、偏离性的叙述和矛盾性的叙述,以精湛而巧妙的文学方式揭示社会历史进程对个体的冲击,表现人们的伤痕记忆和精神困境,为人们审视历史创伤、思考道德责任和寻找自我价值提供了独特的文化视角。

---

① Allan Vorda and Kim Herzinger, "Stuck on the Margins," in Allan Vorda and Daniel Stern (eds.), *Face to Face: Interviews with Contemporary Novelists*, Houston: Rice University Press, 1993, pp. 1—36.

第一节 "我"的多样性投射

石黑一雄小说中的叙述者生活背景各异，但在主题上都围绕叙述者对难以释怀的创伤回忆展开。小说对叙述者的痛苦和懊悔之情的反复渲染，需要一种能够同时揭示历史又隐瞒真相的写作手法，而隐晦的修辞艺术就能够满足这一需求。许多学者注意到石黑一雄所采用的这一修辞手法，即对"我"的多样性投射。迈克尔·伍德（Michael Wood）认为，石黑一雄的小说叙述者在讲述难以启齿的过去时都采用了"他者的话语"①。辛西娅·F. 黄指出，他的小说叙述者拥有"分裂的自我"的叙述者，时而作为"故事外叙述者"，时而作为"故事内叙述者"。②

正如前述评论家所言，石黑一雄的第一人称叙述者事实上是分裂的及复数化的"我"：他们将自身分裂成多个不同的"我"，或者将他们自己的情感投射到多个其他主体上。同时，这种自我复制的反向操作也是成立的，并且是一个更加值得深入探讨的论题：分裂而多样的"我"不时地变化为一个统一而独立的"我们"。个体的"我"时而代表集体的"我们"进行讲述，其原因在于整体的"我

---

① M. Wood, *Children of Silence*, *New York*: Columbia University Press, 1998, pp. 171—181.

② Cynthia F. Wong, *Kazuo Ishiguro*, Plymouth, England: Northcote House, with British Council, 2000, p. 19. 黄使用的术语"故事外叙述"引自里蒙—凯南的理论。在《小说叙事》一书中，里蒙—凯南提出，"故事外叙述"的叙述者"高于"其所述的故事，而"故事内叙述者"则参与在其所述的故事中。

们"常常能够在必要时为弱势的"我"提供庇护。由此,第一人称叙述者叙述的不单是"我"独自经历的过去,同时也间接地表达"我们"共有的经验和历史。这种手法在《浮世画家》中得到了突出的体现。

《浮世画家》的叙述者小野是一名退休画家,在第二次世界大战期间效力于日本政府,用画作宣扬军国主义,在政府的推动下成为名噪一时的画家。然而,战争结束后,社会环境发生了重大的变化,参与和效力于日本军国主义的人被看作战争罪犯。小野不但迅速失去了昔日的荣耀,而且成为人们指责的对象,连女儿的婚事也因此受到了影响。面对战前与战后截然不同的现实,小野在回忆中不断地经受着内心的煎熬,反思自己的责任、价值和国家的命运。

面对这一段复杂的历史,小野通过讲述别人的故事来解释自己的经历,试图避免直面自己的弱点,从而为自我的错误开脱。小野在自己的事业攀升期间寻求民族主义和军国主义的认同,不仅是画家和内务部文化委员会的委员,而且担任了"反爱国动向委员会"的官方顾问,这些职务使得他成为艺术界的权威。由于他认为自己的一个学生黑田的作品有反爱国主义的倾向,于是向有关部门进行了举报。政府当局由此解除了黑田的职务,将他当作背叛者关入监狱,对他百般折磨,以纳粹式的方式烧掉了他的画作,并将画作称为"反爱国的垃圾"。小野充当了压迫学生的专制者,成为权威与专制的老师角色,但他无法直接承认自己的错误,而是将回忆转向自己的老师毛利君。当年毛利君因为小野背叛了自己的创作观念,将小野的画作全部扣留、烧毁。警察烧毁黑田画作的场面和毛利先生烧毁小野作品的场景是相似的:"我的脑海里还时常会浮现出那个寒冷冬日的早晨，那股烟味儿再次扑鼻而来，比以往任何时候都更强烈。"画作燃烧的刺鼻气味指的既是黑田的作品，也是小野的作品。小野痛苦地回忆道，毛利君对他的责罚表现出"一个老师的傲慢和占有欲"。这一论断可以看作是小野的自我讽刺，却是通过对毛利君的指责来间接实现的，毛利君成为小野回避历史的另一个"我"。

小野的自大和懦弱还反映在其他角色的言行中。他不断地用"我们"的集体性为自己做掩护，通过置身于其他人物的影响之下，试图推卸自己对日本的战争侵略行为的道德责任。在小野回忆军国主义分子松田的言论时，对"我们"一词的使用最为巧妙。当时，年轻而热血的松田在国家处于危机时不断地谈及政治责任："我们是新生的一代。我们团结起来，就有能力做出真正有价值的事业。"因此松田极力怂恿小野创作军国主义作品，共同完成爱国使命。当松田步入晚年，疾病缠身的时候，他对小野说的话中充满了幻灭的口吻："如今在意的只有我们，只有你我这样的人，小野，我们回顾自己的一生，看到它们的瑕疵，如今在意的只有我们。"松田语气的改变也暗示着小野的变化：这名退休画家曾经的豪情壮志早已泯灭，如今他认清了自身只不过是芸芸众生的一员。松田对"我们"的多次重复是值得怀疑的：他是否真的使用了第一人称的复数，还是只是小野的虚构？通过在对松田的回忆中使用"我们"一词，小野将矛头指向日本发动战争期间的一个更大的群体，他企图说明：战争的灾难源于集体性的判断失误而并非他或松田的个人责任。

玛格丽特·斯坎伦（Margaret Scanlan）曾精当地评价了小野与其他角色经历的融合："当直面伤痛的往事，他倾向于将它抽象化、笼统化；而在谈论他人时，他似乎常常是在谈论他自己。"① 小野倾向于将自己隐藏在对他人的叙述中，这也许解释了他为何不自然地以一种集体的乐观主义为他的叙述收尾："……看到我们的城市得到重建，看到这些年一切得到迅速恢复，又让我由衷感到喜悦。看来，我们的国家不管曾经犯过什么错误，现在又有机会重振旗鼓了。谁都只能深深地祝福这些年轻人。""我们""我"和"谁"等字眼的同时出现表明了内疚的"我"又一次在统一却模糊的"我们"的掩饰下寻求解脱。通过这个第一人称复数代词，罪犯和受害者变得难以区分。② 也正是在这个具有迷惑性的交汇点上，小野与他那无法逾越的痛苦过去才能实现暂时的和平。

通过"我—我们"的融合，叙述者穿行于记忆的迷宫，与其他人物的经历相互交织；通过揭示其他人内心的创伤，他们事实上也在治疗自己的创痛。通过击碎和混淆作为叙述对象的"我们"和叙述主体"我"，石黑一雄将叙述者的内心独白转化为记忆中（或想象中）的人物对话。叙述者"我"直接表达内心的矛盾可能会在叙述中产生不和谐的效果，但对叙述对象"我们"的评价则能够表达

---

① Margaret Scanlan, "Mistaken Identity: First-Person Narration in Kazuo Ishiguro," *Journal of Narrative and Life History*, 3, (1993), p. 139.

② "我们"的模糊性曾经使广岛和平公园的纪念碑碑文引起争议："让所有的灵魂在此安息，我们将不会重蹈覆辙。"其中的集体性的第一人称复数代词"我们"的指代对象是模糊不清的。碑文的作者 Zouga Tadayoshi 于1952年对此做出解释："我们"既指"广岛的所有人"，也指"全世界的所有人"。1970年，有民间组织主张，这种说法对幸存者平静的生活是一种干扰，并强烈要求修改这一碑文。为平息争端，广岛市长宣布，碑文中的"我们"指的是"世界上的所有人"，因为该碑文的创作意图就是要警示"全人类"。1983年，纪念碑旁边立起刻有市长解释的展板。即便如此，对"我们"一词解释的争论仍然存在。参见<http:///ja. wikipedia. org/wiki>2010年2月26日。

"我"压抑的思想。作为第一人称叙述者内心冲突的象征,"我们"有助于阐明"我"究竟是如何直面内心的希望和痛苦的。

巴赫金对苏格拉底对话的分析同样可以应用于石黑一雄笔下的第一人称叙述中的回忆性对话:"真理并不产生于或体现于个体的想法,而是在人与人的对话交流过程中产生于他们对真理的共同追求。"[①] 真理拒绝单一的制约,却包容多方的探讨。与真理相比,那难以言喻的过去的真相则更加模糊不清。石黑一雄塑造的第一人称叙述者们含糊其辞的叙述方式表明,不堪的过去经历难以由个人的内心独白直接表述,但可以从第一人称叙述者的独白和其记忆中与其他角色的对话之间的微妙差异推断出来。如果说巴赫金认为,对话的参与者们从激烈的辩论过程中获得真理,那么对于石黑一雄的每一部小说作品,读者都有必要从叙述者回忆的对话中推断出他没有明说的过去的真实情况,因为那些"我"小心翼翼地隐藏的真相,正是在不经意间流露于"我们"的交流中。

第二节　偏离性的叙述

代词"我"和"我们"的混同凸显了石黑一雄作品中重复出现的叙述模式:叙述者倾向于转变为其他角色。而"我—我们"的相互转化带来了叙述主体和叙述过程的双重性。对于石黑一雄笔下叙述者分裂的自我形象,辛西娅·F. 黄评价道:"为了达到同时表现

---

① M. M. *Bakhtin. Problems of Dostoevsky's Poetics*, ed. and trans. Caryl Emerson. Minneapolis: University of Minnesota Press, 1993, p.110.

他们承受的痛苦和他们所需的慰藉，石黑一雄的叙述者常分裂为两个截然不同的角色。"①当叙述者在"我"和"我们"之间摇摆，分裂语境下的叙述就好像蜿蜒前行于一条断断续续的岔道上，而与此相随的另一个特征就是离散性的叙述，即叙述者为了试图避开那些被小心守护的过去，往往去讲述偏离主题的事件。叙述者在对过去进行回忆的过程中，由于试图去解释一些过去无法释怀或未能理解的事情，因此在很多情况下对涉及创伤性的经历王顾左右、东拉西扯，插入与当下主题无关的内容或者关于他人的叙述作为补充。这种离散的叙述实际上模拟了创伤的经历者遭受压抑、复现创伤的心理状态。

对主题的偏离叙述这一特征在《上海孤儿》中十分明显。《上海孤儿》讲述的是这样一个故事：主人公班克斯·克利斯托夫生于20世纪初的上海，当时父亲受聘于一家势力强大的英国跨国贸易公司，从事鸦片贩卖活动。虽然上海当时处于战乱之中，但班克斯在外国租界中度过了快乐无忧的童年，有父母和保姆悉心照顾，还有邻居日本小伙伴山下哲与其朝夕相处。可是，班克斯9岁时父母先后神秘失踪。班克斯成了孤儿，只好被迫前往英国与姑妈同住，在剑桥大学完成了学业，并成为有名的侦探。当"二战"的隆隆炮火威胁着远东和英国时，班克斯回到上海，决心破解父母失踪之谜。同时他异想天开地认为，只要自己能找到父母，使正义得到伸张，便能阻止世界大战。然而，此时上海已处在日军的步步进逼之中，班克斯的查找工作显得举步维艰。故事在小说中另一重要人物菲力

---

① Cynthia F. Wong, *Kazuo Ishiguro*, Plymouth, England: Northcote House, with British Council, 2000, p.19.

普叔叔令人不安的叙述中达到高潮。随着他的讲述，令主人公难以接受的真相渐渐昭示在读者眼前：慈爱的菲利普叔叔原是一名双重间谍；父亲并非被绑架，而是和情人悄悄私奔；中国军阀顾汪绑架了他的母亲并强迫她成为情妇，并根据与班克斯母亲的约定，用贩卖鸦片的所得资助班克斯的教育和事业。真相大白之后，班克斯如梦方醒，终于看清自己的力量是多么的渺小和微不足道，看到自己妄想单枪匹马拯救世界的宏图大志是多么虚幻浅薄。

班克斯对童年经历的回忆包含了多次关于菲利普叔叔的偏离性叙述。菲利普在班克斯的童年记忆中留下了不可磨灭的印记，但菲利普叔叔参与在中国的鸦片贸易以及绑架班克斯母亲的行为，玷污了班克斯心目中那个亲切的叔叔形象。每当回忆起菲利普叔叔，班克斯都会命令自己马上停止。有一次，班克斯刚说出菲利普的名字，就迅速压抑了自己的想法："这么想也许很傻，不过我向来觉得菲利普叔叔还是以不太具体的形象只留在我记忆中为好。"班克斯后来在调查母亲失踪的缘由时，怀疑菲利普参与了绑架行动的策划。他不自觉地想起在母亲失踪的当天，菲利普将他带离绑架现场，随后又把他独自一人扔在上海迷宫般的街头。面对这一让他非常难受的事实，班克斯的思绪飘移到儿时的玩伴哲的身上。对哲的记忆似乎能够冲淡反复闪现的菲利普的形象："我是在翻阅这些回忆，其中一些已尘封多年，不曾追忆。但同时我也是在朝前看，期待着有朝一日重返上海；期待着和哲一道做各种事情。"为了避开对菲利普的恼人的回忆，班克斯的思绪再一次跳跃到关于哲的快乐往事。

在班克斯疯狂寻找双亲的过程中，他故意将回忆从菲利普转移到哲身上的倾向是最为明显的。其间，他曾把一个日本逃兵错认成哲。直到班克斯意识到自己不能再沉浸于童年的幻想中,他才开始接受父母失踪的真实原因。这也许能够解释为什么紧随叙述班克斯在战场上的幻灭的第二十一章之后,第二十二章要叙述他和菲利普的会面。从菲利普那里,班克斯得知了许多被埋藏了多年的真相:这次与菲利普的交谈终结了班克斯持续太久的幼稚幻想。班克斯叙述的偏题表明,他不断从对山下哲的童年幻想以及他们纯洁的伙伴关系中寻找慰藉,直到他最终不得不直面以菲利普为代表的充满懦弱、利用、虚伪和幻灭的成人世界。

在石黑一雄的小说作品中,叙述的偏离事实上并不与叙述者的关注核心相悖。恰恰相反,不断出现的偏题突出了更为沉重的现实和意义。每当叙述者的思绪似乎游离了当前的场景时,其叙述实际上与其内心最深的情感更为接近。使作者偏离叙述当下的离心力,同时也是使之不断回归过去某一特殊时刻的向心力。通过叙述的偏题,叙述者事实上更加深入地回到那难以言喻的过去,并直面那些被掩盖的真相。第一人称叙述者一再地偏离至其他人物的经历也表明了一种中心和边缘的颠倒。在小说的传统写作惯例中,作为信息的唯一来源,第一人称叙述者在观察和叙述时通常处于语境中"固定的中心"[①]而不是它的边缘。然而,石黑一雄笔下的第一人称叙述者则常常退居模糊的角落,而将舞台的中心留给其他角色。在穿越中心—边缘的边界时,叙述者将自身置于一个变动的位置上,能够同时从内向外并从外向内看。要解读产生于这种双重视角的文本的不确定性,读者需要有持续敏感的感悟力去理解叙述者如何通过偏

---

① Gerard Prince, *Dictionary of Narratology*, Lincoln: University of Nebraska Press, 2003, p. 41.

题从而揭示过去,并通过暗示去表达思想。每篇叙述的分叉路径都与叙述者占据的双重位置及其发出的双重声音相吻合。在每次叙述对主题的偏离中,我们都能听到微弱的音律失调,并窥见人物对过去的深刻忏悔和对创伤经历的痛苦反思。

第三节 矛盾性的叙述

难以直面的过去常常如幽灵般反复纠缠和折磨着个体,使他在万分痛苦的时刻通过矛盾的记忆揭开这个幻影的真面目。《长日留痕》中出现了许多主人公史蒂文斯的表述与其背后的事实真相的不一致的矛盾性叙述。卡尔·E. 杰根斯（Karl E. Jirgens）将史蒂文斯的自白比作逐件脱下身上衣服的过程,认为《长日留痕》展现了"不同层次的叙述层层叠加,不同层次的含义存在微妙的差异"。通过形容史蒂文斯的叙述为"复写纸一般的揭示",杰根斯不仅将读者的注意力引向真实和谎言的博弈,更重要的是二者的内在纠缠:"小说叙述层次间的矛盾性导致了一种自省式的叙事流,并终将使自身归于消灭。"[①]史蒂文斯的叙述好比一张反复书写和擦除的羊皮纸,其中先前说法模糊而持续的重复出现与后文的表述不断地形成矛盾。在这种具有迷惑性的不断修正的重复叙述中,叙述者最终的自我表达都颠覆并超越了在前的表述。

《长日留痕》的主人公史蒂文斯是一名追求完美的男管家,在达

[①] Karl E. Jirgens, "Narrator Resartus: Palimpsestic Revelations in Kazuo Ishiguro's *The Remains of the Day*," *QWERTY*, 9 (1999), p. 219.

林顿府为达林顿勋爵服务三十几年之后，回顾了自己职业生涯，意识到自己过去从来未真正在生活中选择过属于自己的道路，他一生过于沉湎于显示一名优秀管家的"尊严""义务"，导致他丧失了良知和情感。

当一个人越努力地隐藏事实，他的回忆反而会暴露出越大的纰漏。《长日留痕》中，史蒂文斯隐晦的叙述就证实了这一点。虽然他不断地提及自己的工作专业性的问题，但他并没有完全摆脱情感的呼唤。他一遍又一遍地阅读肯顿小姐的来信就暗示了他强烈的思念之情。在序言中，史蒂文斯向读者介绍了一封肯顿小姐近期寄来的信件，信中表达了"对达林顿府的不容质疑的怀旧情结"，以及"她重返达林顿府的强烈愿望"。在第二篇日记中，在前夜反复回味信中内容之后，史蒂文斯对肯顿的愿望有了些许不同的解读。虽然他承认"她在信中根本没有明显地表达重返的想法"，然而史蒂文斯认为，她在不幸的婚姻中"孤独凄凉的境地"使"重返达林顿府"对她而言将会是"一个极大的安慰"。而在第四篇日记中，史蒂文斯对肯顿渴望重返达林顿府的想象突然消退了。在把那封信又读了一遍后，他承认其中并未"毫不含糊地言明她恢复原来位置的欲望"，他早前"出于职业习惯的愿望"，也许夸大了"表明她有这种想法的迹象"。与肯顿在韦茅斯见面时，史蒂文斯向她提起信中的一句话："展示在我面前的余生犹如一片虚无。"肯顿不仅否认自己曾写过"类似那样的话"，并且向史蒂文斯保证"她面前的生活并未展示出一片虚无"，因为她正期待着抱孙子呢。在会面即将结束时，肯顿安慰史蒂文斯，也许也是宽慰自己："你不能永远总是对过去可能发生的事耿耿于怀。"在这个伤感的时刻，史蒂文斯承认这些话在他胸中"激起一定程度的悲伤"，而且他的心"行将破碎"。直到此时，事情的真实面貌才变得清晰：在反复看肯顿小姐的来信时，他在其中注入而后又抹除了自己的希望。他对信件不断变化的多重解读流露了他对和肯顿小姐在达林顿府共度的美好时光的怀念，以及他在余生中重获此般幸福的渴望。

史蒂文斯回忆中的另一显著的前后分歧产生于他对达林顿勋爵的矛盾态度。在小说的开头，史蒂文斯对自己在府上的工作大加吹嘘，并认为达林顿勋爵和纳粹的来往是情有可原的。例如，他在第二篇日记中写道："（达林顿勋爵）本质上是个真正的好人，是位完完全全的绅士，亦是我今天深感自豪曾将我服务的最佳年华为之奉献的人。"这名管家随后解释道，达林顿勋爵对待德国人十分仁慈的原因在于他认为"继续为一场现在已经结束的战争去惩罚一个民族是极不道德的"。尽管史蒂文斯声称在达林顿府工作的经历令他十分自豪，但他先后两次否认自己和达林顿勋爵的关系，第一次是对他的美国雇主的客人韦克菲尔德太太，第二次是对他在多塞特郡遇到的退伍老兵。在第三章末尾，史蒂文斯澄清道，两次对事实的否认都是为了避免引起对达林顿勋爵的"胡言乱语"才说的"善意的谎言"。

第四篇日记中，史蒂文斯继续为达林顿勋爵和里宾特洛甫先生的关系辩护。他声称，在20世纪30年代，里宾特洛甫先生被那些英国最显赫的府邸视为颇受尊重甚至是富有魅力的人物，而达林顿并非是唯一被欺骗的人。然而，第五篇日记中，史蒂文斯为达林顿的辩护渐渐转变成为自己的开脱："尽管时间的流逝已表明达林顿勋爵的艰辛努力是被误导的，甚至是愚蠢的，但怎能认为我本人对此应负责任呢？"在旅行的结尾，这种顾影自怜的语气变得尤为明显。对他在韦茅斯的码头上偶遇的一位管家同行，史蒂文斯最终表露了他内心深处的懊悔："在我侍奉他的那些所有的岁月里，我坚信我一直在做有价值的事。可我甚至不敢承认自己犯过了错误。真的——人需自省——那样做又有什么尊严可言呢？"

史蒂文斯最终直面内心的羞耻感，颠覆了他先前对自己职业自豪感的夸张吹嘘。在承认对雇主盲目忠诚时，年迈的管家终于承认了一系列令他痛苦不堪的事实：他与达林顿勋爵的上下级关系给他的自豪感造成了难以承受的伤害，以及在为这个蒙受耻辱的府邸服务的三十年时光里，他浪费了自己的大好年华，还放弃了可以和肯顿小姐共同拥有的幸福。

矛盾和真相是不可分割的，而前后叙述的分歧似乎最为显著地体现在对可悲过去的叙述。保罗·德·曼（Paul de Man）在对卢梭的《忏悔录》的讽喻性解读中就清晰地梳理了这种真相和谎言自相矛盾的交替回旋。德·曼在一段反问式的评论中写道：

"忏悔并不是现实正义领域内的补救手段，而仅仅以口头表达的形式存在，且由于对错误的承认暗示了一种以先验真理为名的豁免，而这种豁免事实上从一开始就肯定了错误的存在，所以我们究竟该如何辨明一个真正的忏悔？"[1]

通过从认知和实践的双透镜中审视忏悔式的语言，德·曼提醒我们要避免认为忏悔表达的一定是绝对的真相，一段难以言喻的过去的忏悔从来不曾展示赤裸裸的真实，因为它不可避免地拥有自我辩护的外衣。石黑一雄笔下的叙述者们的自我表露恰恰证实了这一点。德·曼关于忏悔所涉及的真理和谎言的探讨，与巴赫金在对话交流中指出的真实的偶然性是吻合的；二者都认为真相是不可信赖

---

[1] Paul de Man, *Allegories of Reading*, New Haven: Yale University Press, 1979.

而瞬息万变的，从而也是值得商榷的。

在石黑一雄的小说中，真相暴露于叙述者自相矛盾的叙述中，而愧疚流露于大量的自我辩护中。通过在层层的掩饰中展现真相，小说启发读者关注叙述者佯装的平静之外的深意，发现话语间的矛盾，并从不同语境下的矛盾中推断出不可言喻的过去的可能轮廓。

在石黑一雄的数部小说共同构成的历史创伤和记忆迷宫中，叙述者首先必须勇敢地穿行于曲折的小径，才能最终得知一直避讳的真相。当每一段自白中层层的自我辩解都被揭开，我们会惊叹于石黑一雄对创伤回忆的精湛驾驭。在真实和谎言之间，他创造了一种语境，使叙述者们在欺骗自己的同时为自己辩护。这种通过打破时间的直线性和主题的逻辑性的叙述语言，最接近于那种无人能够精确表述的悲伤的本质。

历史的创伤不会永远在场，而人们也无法拥有了解历史真相的时空机器或者时空隧道，因此，任何的历史书写都能只是对历史时间的想象性增补和替换。德里达曾说："历史资料作为时间化的文本，不过是过去史实若隐若现、无由确定的踪迹。"[①]这些以"模态"形式出现的"踪迹"，并不是真正的事实。由此，文本所显示的史实，对于今人而言，其意义远不如缺席的那一部分。而小说家石黑一雄，正是以文学特有的方式对人们所遭受的创伤历史不断地进行着增补，在小说所呈现的留白、压抑与矛盾的裂缝里，无限地趋向对历史和人类情感的真实认知。

---

① 杜丽丽：《后视镜中的他者》，兰州：甘肃人民出版社，2015年，第2页。

第四节　日记体的应用

英国著名作家 A. S. 拜厄特（A. S Byatt）认为："石黑一雄深刻而复杂的小说中反映了战后世界充满困惑和重构。这种困惑和重构始于日本，而后通过一系列小说，从《长日留痕》中的英国和德国，转移到《无法慰藉》中的欧洲中部，以及《上海孤儿》中的上海及远东地区。这一主题是十分有价值的。"①拜厄特言简意赅且明确地指出，石黑一雄将他小说作品的叙述者置于多样化的地理位置，以从多元的角度塑造"二战"中的人物形象。

石黑一雄有四部小说将第二次世界大战作为时间参照点，这样的选择并不是随机的。石黑一雄出生于1954年的长崎，距美国向长崎投放原子弹仅数年时间。他必然十分关注这一具有历史性意义的事件。在他的成长过程中，他身边的亲人对那场原子弹的袭击仍记忆犹新；而在英国，战争的阴霾也仍然笼罩着社会的集体心理。②那场战争是石黑一雄人生中的一个决定性的因素，并将《远山淡影》《浮世画家》《长日留痕》《上海孤儿》等几部小说连结到一个共同的主题上。在每一本书中，他都通过对日常生活的记叙来刻画巨大

---

① A. S. Byatt, *On Histories and Stories*, Cambridge, Mass: Harvard University Press, 2002, p. 4.

② "二战"结束后，这场战争成为当代小说中常见的主题，其中包括格雷厄姆·格林、内丁·戈迪默、多丽丝·莱辛、J. G. 巴拉德和米兰·昆德拉等作家的作品。"二战"在世界各地都产生了难以磨灭的影响，以至于它以不可估量的余波持续地塑造着当代文学的发展进程。

的灾难，并着重关注在战争动摇了人们曾经固守的生活根基之后，他们挣扎着重构人生信条的过程所经历的心理反应。

石黑一雄的作品中有一个突出的主题，即个人记忆和集体历史的结合，它们通过展现与个人经历紧密相连的历史性事件，探索日常生活和历史事件之间潜在的关系，并从小说家的有利位置，揭示具有讽刺意义的史实，但同时也使得小说的阅读具有了一定的挑战性。《远山淡影》《浮世画家》《长日留痕》《上海孤儿》等几部小说给读者提供了从平民视角瞥视战争后果的机会，而观察者和被观察者都具有很大的易变性，这种双重不确定性表现在石黑一雄的小说中采用日记体裁来再现历史的偶然性特点。通过第一人称"我"和日记体记录的随意性来展现一段难以言喻的历史，石黑一雄直白地揭示了叙述主体的肉体存在，回忆的不可靠性，知识的中心地位的衰落，以及叙述客体的难以捉摸。日记记录包含多元的情感状态，正如隐秘地侧着身子去试图捕捉短暂瞬间的一瞥。

对于如何将历史事实与小说情节相结合，石黑一雄曾表示："我感兴趣的并不是历史本身……我在小说中引用英国或日本的历史以表达其他吸引我的话题"，历史仅仅是"引出主题的一种编排"。此外，他还认为，他的创作极大程度地受到了"社会道德价值观急剧变化"的历史阶段的启发。[①]他的小说并不是对各异的历史环境的还原，而是旨在揭示个人是如何承受战争的折磨，审视不堪回首的过去，直面他们曾经逃避的痛苦，以及最终接受在那段特殊历史时期

---

① Christopher Bigsby, "An Interview with Kazuo Ishiguro," *The European English Messenger*, zero issue (1999), p.26.

中所处的位置。

尽管石黑一雄声称历史不是其关注的重点,但历史事实显然在他的作品中被有意引用,以使叙述者貌似平淡无奇的讲述变得复杂化。正如詹姆斯·普罗克特犀利地指出,石黑一雄的小说作品"并不局限于一个政治真空,而是与动摇了世界格局的一系列历史事件紧密相连"[①]。《远山淡影》《浮世画家》《长日留痕》《上海孤儿》等作品均展现了公共领域和个人生活之间的复杂关联。通过对普通个人的刻画,历史环境以间接的方式被表现出来。

叙述者们以日记形式讲述过去的零碎记忆,拼凑起来的战后年代是一个社会急剧瓦解的时期。《远山淡影》和《浮世画家》都包含个人在生活遭到战争颠覆之后所经历的创伤。《远山淡影》中,悦子的日记记录了在她的大女儿景子自杀之后小女儿妮基的来访。虽然从妮基的来访写起,但这并非悦子日记的主体内容,其记录的重点在于对往日长崎生活的回忆。

在悦子的叙述中,时间概念是十分模糊的:她既未表明日记记录的日期,也没有提及她在长崎经历的事件的准确年份。在第一篇记录中,悦子提到:"美国大兵还是和以前一样多——因为朝鲜半岛还在打仗——但是在长崎,在经历了那一切之后,日子显得平静安详。"由此可以推断,她所述的那段经历大致处于盟军占领接近尾声(1945—1952)及美军逐渐将注意力投向朝鲜战事(1950—1953)的转折时期;悦子同佐知子一同游览和平公园的片段使人不禁将这

---

① James Procter, "Kazuo Ishiguro," www.contemporarywriters.com, <http://contemporarywriters.com/authors/profile/? p=auth52> accessed 29 April 2004.

段夏季的回忆与和平公园于 1955 年 8 月的首次开放联系起来。①悦子的小女儿妮基当时正在上大学，结交了一群波西米亚朋友，其中一位是比她年龄还要小的 19 岁女孩，从这些间接信息中我们可以看出，小说叙述的时间大致就是石黑一雄创作该作品的时间，大约处于 20 世纪 70 年代中后期。

对于改变了悦子人生进程的长崎原子弹灾难，在小说一开始仅被她轻描淡写地称作"炸弹"。在她对战争破坏的为数不多的描述中，她都是以一种不可思议的冷静态度来述说战后焦黑的废墟、伤病的身体以及她居住的社区的重建工程。她并不详谈废墟的成因和破坏的规模。即便在回忆当时十分猖獗的谋杀儿童的恶行时，她也保持了一个局外观察者的镇静，并没有表达自己的观点，而是借用了佐知子对此的反应："我不清楚当时的那些报道让佐知子担心到什么程度，诚然她似乎不像以前那样把万里子一个人留下……"在小说的后半部分，悦子在回忆稻佐山和平公园之行时才第一次直接提到"原子弹"，而即便在那时，她也并未详述那场核灾难令人沉痛的细节，而是转而关注可笑的和平雕塑。悦子的叙述是偏颇的：她刻意避开了原子弹爆炸、战后谋杀儿童的暴行、以及景子对生活产生绝望并最终自杀等事件之间的因果关联。在悦子的叙述中，这些事件似乎并无联系，而只是偶然地拼凑在了一起。

在悦子对过去的追忆中，同样缺乏说明的还有她与第一任丈夫二郎离异并与第二任丈夫谢林汉姆共同定居英国的原因。她也没有

---

① 盟军占领军由美国将军道格拉斯·麦克阿瑟领导。虽然英联邦占领军等其他国家力量也参与其中，这场占领也被称为"美国占领"。英联邦占领军包括澳大利亚、英国、印度和新西兰等国家的军队，负责日本军事工业的重建。

提及她是如何与暂驻日本的英国记者谢林汉姆相识，以及二郎为何会放弃对景子的抚养权。"战争新娘"一词没有在悦子的叙述中出现过，但也许能够解释她通过与英国记者的婚姻开始新生活的经历。①在日本，"战争新娘"婚姻始于1945年同盟军的占领，并延续至朝鲜战争结束。悦子的第二次婚姻符合"战争新娘"婚姻的特点。这一战后现象悄然融入《远山淡影》的叙述核心，并补充了悦子的叙述中省略的细节。

在悦子的记忆中，佐知子时不时地说起她和她的女儿万里子有机会在国外过上好的生活。通过将佐知子描绘成一名轻率的女性和失职的母亲，悦子隐晦地表达了自己对违背景子的意愿与谢林汉姆成婚的懊悔之情。她后悔自己用景子的幸福去换取自己在英国未来。在对战后长崎的回忆中，悦子作为一名"战争新娘"表现出了令人难以相信的冷静。事实上她内心的创伤，就像她的女儿景子以及其他"战争新娘"所承受的痛苦一样，是持续存在的。虽然悦子说是在小女儿到访期间她在公园里见到的一名小女孩触发了她对昔日长崎生活的回忆，但她追忆过去的真实原因是景子的自杀。这一事件导致妮基的来访和悦子对过去的回忆。反之，过去的一桩桩故事也解释了景子的自杀以及悦子内心的愧疚。

《浮世画家》一书的时间框架是清晰的，但故事发生的地点十分模糊。小说的叙述者艺术家小野增二从未指明城市的名称，而是简单地称之为"那座城市"。而诸如"炸弹的破坏""炸弹废墟"和

---

① "战争新娘"指"二战"期间与在军队工作的外国人（通常是西方人）缔结婚姻的女性；男方可以是军人，也可以是军队警察、记者或其他工作人员。"战争新娘"婚姻在战后造成了大批日本女性移民国外。

"和平纪念碑"等表述难免使人错误地认为这座城市就是广岛，因为《远山淡影》中的"炸弹"即指原子弹，且小野所述"和平纪念碑"使人联想起广岛的和平纪念碑公园，但城市各区域的名称及对具体地点的描述却又指涉了其他地方。正如在第三章中，城市中既有"春日公园饭店"等虚构的地名，也有东京的荒川和泉町、横滨的根岸车站等真实的地点。总之，作为一个虚构的设定，这座城市并不具备现实中的真实性。

尽管具有虚构的地点设定，《浮世画家》的背景设置于一个真实可考的历史节点。整部小说由小野写于两年间的四篇日记构成，日期标注分别是"1948年10月""1949年4月""1949年11月"和"1950年6月"。这些日记记录了小野近期的退休际遇以及他在20世纪30年代作为一个处于事业巅峰的艺术家时的经历。根据小野的叙述，第一篇和第三篇日记是受到大女儿节子来访的启发而写，而第二篇和第四篇日记则分别与其学生绅太郎的一次争吵和好友松田的去世相关。然而，这些表面上的理由却往往暗示着更深的难言之隐。

在追忆自己在战前的影响力和特权时，小野对战后东京审判只字未提。这场审判受到了世界各国的关注，也与第一篇日记的时间吻合。在小野偶遇小女儿的前未婚夫三宅二郎时，他才第一次提及战争罪犯这一话题。在那次谈话中，二郎对战时的军国主义者进行了指责，认为他们"贪生怕死，不敢面对自己的责任"。三宅的观点使小野想起了早些时候在为死于满洲战场的儿子健二举行的葬礼上，他的女婿也发表了相似的言论："勇敢的青年为愚蠢的事业丢掉性命，真正的罪犯却仍然活在我们中间。不敢露出自己的真面目，不敢承担自己的责任。"

小野第一篇日记的背景是市谷国际审判。这一背景虽然未被小野直接提及，却也无法回避。①在被处以死刑的罪犯中，战时的将军东条英机受到了最广泛的关注。对东条英机以及其他主要日本战犯的公开审判与小野的第一篇日记在时间上完全吻合，使小野的自我反省在内容和目的上都更具复杂性。公共审判和个人反省的同时性暗示了历史和小说的密切关联。通过小野对政府的效忠以及其学生们对之肤浅的附和，我们可以窥见日本政治领袖的侵略主义及民众盲目拥护的影子。同样，在小野出于愧疚之情的委婉措辞中，我们也能听出他对不齿的往昔一味搪塞。

巴瑞·路易斯（Barry Lewis）认为，对东条英机的处决是"以间接的方式对小野的羞愧和内疚进行描写的历史背景"②。除了意识到东京审判的背景直接导致了小野的忏悔并增强了小说的张力之外，我们还应认识到，这场国际审判仅仅是日记记录更大的环境背景的一部分。我们应当在这一大环境下审视日记的内容。除了这场审判外，同样发生在该时期的同盟军占领日本这一史实也隐含在他的日记中，被视为小野艺术生涯结束的决定因素。小野没有直接说明的事实是，在盟军对日本的军国主义进行清算期间，他必须"结束"他的事业，并且他的画作必须被"藏起来"。此外，他的名声败裂还导致三宅家取消了与他的小女儿仙子的婚约，他旧日的学生绅太郎也上门向他索要撇清关系的信件。

---

① 设于市谷的远东国际军事法庭对日本的"甲级"战犯进行审判。这场审判从1946年5月3日持续到1948年12月24日。这是同盟国清理军国主义残余的关键举措。John W. Dower, *Embracing Defeat*, New York: W. W. Norton, 1999, p. 144.

② Lewis, Barry, *Kazuo Ishiguro*, Manchester: Manchester University Press, 2000, p. 49.

由于美国人形象并未在小说中出现，我们很难注意到盟军对日本占领的这一历史背景，但它渗透于小野的外孙一郎美国化的言行举止、小野激进的女婿对美国价值观的接纳以及对美国强大影响力的认同之中。在一次家庭聚会上，他的小女婿大郎对美国带给日本的种种益处大加褒扬，譬如"民主和人权"，以及"日本终于奠定了建设美好未来的基础"。在这种情形下，家中的年轻一代表达对在同盟国制定的复兴计划之下飞速成长的日本的信心，如"日本电气""KNC"等成功企业的名称也被不断提及。同盟国强加于战后日本的政治、社会及经济等领域的改革措施使小野在这个急剧变革的社会中显得愈加陈腐。虽然没有正面提及市谷的国际审判以及盟军占领等史实，《浮世画家》通过一名前军国主义者的忏悔和他对战前辉煌时期的追忆，展现了日本经历的一个充满集体耻辱感的时代，以及在转型中挫败的日本民族形象。

　　与《远山淡影》和《浮世画家》相似，《长日留痕》也将个体孤苦的晚境置于一次重大历史事件的背景之下。达林顿府的所有权从史蒂文斯服侍了三十多年的一名英国贵族手中转移到了一名美国商人的名下。史蒂文斯在达林顿府刚刚易主时应新主人的要求开始了一次长途旅行，以欣赏英国各地的美景。

　　六天的旅程记录于八篇日记中，每篇日记都以精确的时间和地点标记："序言：1956年7月 达林顿府""第一天——夜晚 索尔兹伯里""第二天——上午 索尔兹伯里""第二天——下午 多塞特郡，莫蒂默之池塘""第三天——晚上 德文郡，塔维斯托克附近，莫斯库姆""第四天——下午 康沃尔郡，小康普顿"及"第六天——晚上 韦茅斯"。史蒂文斯的驾车之旅开始的时间为1956年7月，这与埃及政府将苏伊士运河国有化的时间是吻合的。这是一个诸多评论家都注意到了的细节。米拉·玉山认为史蒂文斯旅行的日期表明了"对人物的态度和抱负起决定作用的历史背景"①。詹姆斯 M. 朗（James M. Lang）同样认为，石黑一雄刻意统一了小说叙述与历史事件的时间，虽然在史蒂文斯的叙述中这一点是"完全模糊"的。②玉山和朗的评论表明，《长日留痕》虽然有意隐去对苏伊士运河危机的直接表述，但石黑一雄成功地使评论家关注到这一历史背景的确实存在以及其缺失的意义。

达林顿府的易主与苏伊士运河的国有化时间上的吻合是具有象征意义的。达林顿府遭到变卖以及府上人员短缺等问题同苏伊士运河一样，都暗示了大英帝国的衰落。达林顿老爷的去世和法拉第的接管，都寓言式地指明了战后世界的权力格局。苏茜·奥布莱恩（Susie O'Brien）指出，在服侍新雇主法拉第的同时，史蒂文斯也在"服侍一个新的国际秩序"③。确实，如果说史蒂文斯和达林顿老爷之间的社会等级关系是一种旧秩序的话，那么如今他和法拉第之间的经济等级关系就是一种新兴的世界权力结构。在英法两国丧失地中海的控制权之后，苏伊士运河危机也预示着一个由美国来填补这一空缺的新时代。奥布莱恩所提及的新的国际秩序，一方面指美国取代英国成为西方领导势力的现实状况，另一方面指法拉第接替达林顿老爷成为府上的新主人这一虚构情节。

---

① Meera Tamaya, "Ishiguro's *Remains of the Day*: The Empire Strikes Back," *Modern Language Studies*, 22.2 (1992), p. 45.

② James M. Lang, "Public Memory, Private History: Kazuo Ishiguro's *The Remains of the Day*," *Clio*, 29/2 (2000), p. 152.

③ Susie O'Brien, "Serving a New World Order: Postcolonial Politics in Kazuo Ishiguro's *The Remains of the Day*," Modern Fiction Studies, 42/4 (1996), p. 787.

第四章　创伤回忆的叙事策略

苏伊士运河危机在小说中的缺失，可以解释为史蒂文斯与时代的脱节。他始终沉浸于达林顿府辉煌的往昔，而对外面世界的新变化不闻不问。史蒂文斯的思想停留在"二战"前的年代，那是达林顿府、达林顿老爷的人生以及史蒂文斯自身事业的高峰时期。他回忆中的大部分事件都发生在20世纪20年代到30年代中期之间。史蒂文斯将1923年在达林顿府召开的会议视作他事业的转折点，并反复强调其政治意义，却有意地避而不谈这场会议造成的灾难性后果。如果说1923年的会议是史蒂文斯事业的顶点，那埃及收回苏伊士运河的所有权就是他不愿承认的低谷。他对这一事件的忽略代表了他抵制新的国际秩序的愿望。

史蒂文斯对时间的滞后反应在小说中其他地方也有所表现。在1956年的驾车旅行中，这名管家穿了一身由爱德华·布莱尔爵士于1931年或1932年赠予他的高级西服。且不说这身行头已经十分过时，它与史蒂文斯的体形、社会地位及旅行的场合也是格格不入的。此外，他还企图从西蒙斯著于1931年的多卷本《英国胜景》中寻求过时的旅行指南，全然不考虑英国在战后发生的巨大变迁。同样值得注意的还有，史蒂文斯在1956年刚开始用收音机听广播的时候，大部分英国人已经开始使用电视机了。约翰·P. 麦库姆（John P. McCombe）将史蒂文斯描绘成一个"行走的古董"，指出这名管家对"收音机急剧衰弱的影响力"全然不知，而仍像敬重"又一件英国的文化遗产"[①]一般地接纳它。收音机也许可以说是史蒂文斯留恋

[①] John P. McCombe, "The End of (Anthony) Eden: Ishiguro's The Remains of the Day and Midcentury Anglo American Tensions," *Twentieth Century Literature*, 48/1 (2002), p. 91.

的那个时代的遗物,让他能够继续沉浸在对过去的幻影中。如果说苏伊士运河危机标志着大英帝国权力的终结,那么史蒂文斯对当代世界的无知,代表的是英国对其权力瓦解的否认,既害怕接受,也无力接受它的现状。

相较而言,《上海孤儿》中的日记涵盖了一段更长的时期——从1930年直到1958年。因此,日记反映了班克斯人生不同阶段的心理状态。《上海孤儿》中叙述时间点的变化同样具有历史编纂的意义。班克斯七篇日记的年月信息从表面上看是随意的,但如果在近代中国历史的背景下看待这些日期,就会发现它们都具有特定意义且相互关联。记录于1930年到1937年的前三篇日记几乎与日本攻占满洲里进而对中国发起全面侵略的时间完全吻合。①显而易见,在日期为"1930年7月24日"的第一篇日记中,班克斯向邪恶势力宣战,并承担起"根除穷凶极恶、阴险狡诈的罪恶,特别是在它就要逃之夭夭时将其揭露消灭"的任务。另外在日期为"1937年4月12日"的第三篇日记中,他重申了消灭"黄蛇"的迫切性。班克斯所用的"罪恶"和"黄蛇"两个词十分令人费解。虽然他怀疑父母的失踪和鸦片交易有关,甚至雇佣了私人侦探搜集证据,但发生在伦敦的罪行究竟是如何与中国的邪恶势力相关联,"罪恶"和"黄蛇"的心脏究竟指什么,以及为什么消灭"黄蛇"有助于他解决父母失踪的谜团等一系列问题都还没有答案。

班克斯叙述中的一些细节模糊地指出英国人在中国的鸦片贸易,他父母的神秘失踪与伦敦猖獗的犯罪行为之间存在着因果联系。在

---

① 日本对满洲里的军事侵略在《浮世画家》中也有体现,其中小野的儿子健二就战死在满洲里的战场上。

日期为"1931年5月15日"的第二篇日记中，班克斯提到了一家人都还居住在上海时其母亲抵制鸦片贸易的行为。日期为"1937年10月20日"的第六篇日记则通过菲利普叔叔的忏悔，揭露了反鸦片联盟的成员们与中国军阀勾结的秘密。鸦片贸易的话题在日期为"1958年11月14日"的最后一篇日记中再次浮出水面。日记中，班克斯回忆起五年前他前往香港看望母亲，顺道经过上海，并亲眼见证了在共产党执政下，中国吸食鸦片上瘾的人数大幅下降："这些罪恶究竟消灭得有多彻底还有待观望，但显而易见，在不到几年的时间里，共产党已经取得了慈善机构和各种热血运动几十年来未能取得的成就。"中国的鸦片贸易与伦敦猖獗的犯罪行为仅仅只是一个更为复杂的秘密的冰山一角。但直到第六章写到与菲利普叔叔对质的情节，班克斯始终没有正面提及这一点。

第六篇日记揭示的是多重罪恶之间错综复杂的关系：日本侵略势力在中国盘踞，英国从印度向中国出口鸦片，中国军阀利用反鸦片运动以谋私利，中国的国内矛盾，以及参与反鸦片运动成员的天真和虚伪。多重的矛盾也许能解释班克斯为何在第一篇日记中写了要想根除罪恶，是一项艰难而又庄严的任务。他并没有阐明"这些侵害社会的邪恶"究竟指的是什么，也没有指出这与他父母亲对英国在中国的鸦片贸易所持的立场有何关联。班克斯的日记始于日本入侵满洲里之前，此时日本的军事侵略尚未对英国在华的鸦片贸易产生影响，更谈不上与发生在伦敦的犯罪行为发生关联。然而，表面上各自独立的事件事实上是互相关联的。远东国际军事法庭发布的一份文件揭露了一段鲜为人知的历史：通过控制伪满洲国的傀儡政权，日本认可并放宽了鸦片的运输，目的是要以此削弱中国人反抗侵略的斗志，并且利用鸦片贸易的所得筹备一场侵略战争。另外，

"1937年的国际联盟会议指出,当时全世界百分之九十的毒品产于日本,并主要由日本人或在日本人的监督下,在天津、大连以及其他满洲里城市、热河及中国其他地区批量加工生产"①。这些鲜为人知的事实揭示了班克斯在日记中提及的表面上互不相干的事件之间的本质关联,以及日记记录时间布局的意义。

日本对华军事侵略的进程与班克斯的叙述在时间上是吻合的。日本于1931年攻占满洲里,并于1932年建立了傀儡政权伪满洲国。1937年,日本发动卢沟桥事变,并于同年秋天攻占上海。② 班克斯的第四、五、六篇日记写于他在上海居住的两个月间,与日本迅速占领中国领土的时间一致。第四篇日记记载了日本军队于1937年9月20日进入上海,此时的上海已经由于日本在8月份发动的进攻而陷入混乱。日期为"1937年10月20日"的第六篇日记,也是班克斯对上海的最后一篇记录,以上海战役以及日本对上海的占领作为结尾。

同样值得注意的是,作者为这三篇关于上海的日记别有用意地注明"上海华懋饭店"这一地名。通过描写被分割为中国国土和西方租借两部分的战前上海,《上海孤儿》不时地提及那些在1937年中日战役中站在华懋饭店楼上观望战事的外国人的无知和冷漠。在第四篇日记中,班克斯写道:"我惊讶地抬起头,却见周围人的手里仍举着酒杯,笑容满面,有的甚至在开怀大笑。片刻后,我注意到人流往窗户方向流动,仿佛窗外一场斗蛐蛐比赛又重新开战。"20世纪30年代,

---

① "IMTFE [Annex A6, Appendix A]", *HyperWar*: *International Military Tribunal for the Far East*, http://www.ibiblio.org/hyperwar/PTO/IMTFE? IMTFEA6A.html > accessed 27 January 2010.

② Peter Worthing, *A Military History of Modern China*, Westport, Conn, Praeger Security International, 2007, pp. 115—121.

华懋饭店是远东最高级的酒店,也是最高的建筑,深受当时在华西方人的喜爱。他们正是从饭店楼上的有利位置观看日本战舰在黄浦江上向上海逼近。① 1937 年,酒店为入住的西方人提供了观战的特权位置,从而也使他们与中国残酷的社会现实相隔绝。起初,对他们来说,他们与战事保持着安全的距离,甚至他们认为战争显得夸张而有趣。但不久之后,不论国籍,城市里的所有人都受到战争的波及,因为在短短数月中,上海已经沦于日本的控制之下。华懋饭店具有重要的历史地位,也是展现西方人傲慢与无知的绝佳地点。

这场发生于上海的战役是"二战"在中国领土上打响的序幕之一。班克斯的日记中有六篇写于中日战争持续的七年间,从日本侵略的开始写到战事的不断恶化,以及中国面临内忧外患的困境。在亲历这场战役后,班克斯意识到在中日冲突中有多股力量交汇,对中国人而言,"二战"既是警觉地抵抗外来侵略,也是不断地化解国民党和共产党之间的内部冲突的过程。

在中国,战争一直持续到 1945 年日本投降。共产党与国民党间的矛盾也从战争年代持续至战后。中国内战与中日战争的交织进行,更精确地说是中国内外交困的局面,或许能够解释《上海孤儿》的最后一篇日记为何设定在 1958 年,此时距离前一篇日期为"1937 年 10 月 20 日"的日记已有二十年之久。② 1958 年,国共两党的关系再

---

① Stella Dong, *Shanghai 1842—1949*, New York: William Morrow, 2000, pp. 189—199.

② 从心理分析的角度看,班克斯长达二十年的缄默是他得知其原先的赞助人顾汪性侵他母亲的事实之后经历的心理创伤过程。记录的空白时期也出现在《长日留痕》中史蒂文斯的日记中:他对旅行的第五日未做任何记录;那是他与肯特小姐会面的隔天。他在这一天的沉默暗示了他承受的难言痛苦。

次恶化,引起了全世界的关注。日期为"1958年11月14日"的第七篇及最后一篇日记,似乎就这场世界性危机做出了暗示。被称为"第二次台湾海峡危机"或"金门危机"的紧张状态,始于1958年8月23日,并持续到同年9月7日双方军队介入。《上海孤儿》通过使一名英国侦探置身上海并亲历发生于中国领土上的军事冲突,展现了"二战"对于中国人的深刻意义。班克斯的日记以中国为中心的时间表作为故事发展的线索,表达的是西方人眼中的中国在"二战"中受到的摧残。

上述四部小说都以日记体表达叙述者当下的思想和早期的经历,日记的日期往往暗示着叙述当时发生的历史性事件。得益于日记体的私密性特点,作者不需要解释为何日记写于特定的日期,或为何日记对当时发生的重大事件只字未提。日记体小说给读者留下了猜想的空间:究竟是什么激发了叙述者进行创作;为何日记写于一段特殊的时期;多篇日记是如何排布的;日记描写的日常事件与在同一时间发生的历史性事件之间存在何种联系;这些日记又是如何将叙述者当下的个人命运、同一时期的重大社会事件,以及叙述者暗示中的早期事件联系起来。日记体通过将宏观历史事件填塞到个人经历中,不仅意在强调个人得失,更在于阐述这些事件造成的集体性伤害。

显然,在石黑一雄对"二战"的描写中,重大历史事件的历史意义取决于个人的感受,而不是政治团体的观点。这种以普通人为中心的叙述方法和社会学家塞杜(Michel de Certeau)对当代历史学的观点是一致的:历史的焦点已经从"那些拥有正式头衔和社会地位的演员身上"转移到了"默默无闻的人们身上和日常的事件上",

以在平凡的生活中寻找一段时期的"转喻细节"[①]。在石黑一雄对"二战"的重构中，普通形象人取代了英雄形象。他们对战争造成的心理冲击的描述，是对官方文件记载的政治斡旋、军事行动、伤亡数据等史料的一种补充。

《远山淡影》和《浮世画家》分别从一名家庭妇女和一名退休画家的视角描绘了战争对日本国土的破坏和对日本平民的创伤；《长日留痕》通过一名年迈男管家的体验表达了英国人对战前辉煌时代的追忆；《上海孤儿》则通过一名私家侦探天真的眼光揭示了罪恶的双面性，他最终意识到引发战争的真正原因在于群体性的贪婪和愚昧，而不是个人的恶意。

四部小说都以"二战"亲历者对战争的记忆为中心，都不存在一个拥有全能视角的第三人称叙述者来指明历史事件的具体伤亡人数，小说中的大部分内容都由第一人称叙述者来讲述。这些小说共同表明了个人对自身位置的认知取决于与过去的回忆保持的距离、所处的地缘政治实体及其在该实体中拥有的社会身份、在社会中的性别角色，以及对过去发生事件的情感状态。前述的每一个叙述者都在重新审视一段与祖国的历史紧密联系的过去经历；他们描绘了因国家当权者的愚昧导致的个人日常生活的衰落，揭露了掩盖于官方的爱国主义宣传之下的个体痛苦，并通过支离破碎的记忆还原了官方数据隐匿的事实。

[①] Michael de Certeau, *The Practice of Everyday Life*, trans. Steven Rendall, Berkeley: University of California Press, 1988, p. v.

第五章

历史与创伤的多元呈现
LISHI YU CHUANGSHANG DE DUOYUAN CHENGXIAN

第一节 从《浮世画家》看艺术家的精神创伤与生存困境

在西方文学史上，有许多以艺术家为主角的小说，如詹姆斯·乔伊斯的《青年艺术家肖像》，毛姆的《月亮与六便士》，托马斯·曼的《布登勃洛克一家》，罗曼·罗兰的《约翰·克里斯多夫》等。艺术家作为一类独特的人群，既要面临普通人的生活压力，同时职业特征又需要他们超越日常生活去审视个人与社会的关系。匈牙利著名文化社会学家阿诺德·豪泽尔指出，对于艺术家和艺术作品而言，心理学、美学和社会学是三个必要的组成要素，"心理学强调动机，美学强调形式，社会学强调的是社会目标"①。艺术家在其发展过程中会不可避免地遭遇到来自这三个层面的矛盾和斗争，从而陷入艺术理想与生活现实、艺术追求与社会认可之间的矛盾和困境，尤其是当社会新旧体制处于巨大转换之时，环境的变化会相应地引起艺术家对自己固有角色的困惑与怀疑，并由此遭受心理焦虑和精神创伤。

英国当代著名作家石黑一雄就在小说《浮世画家》中塑造了小野增二这样一位艺术家形象，以此来反映画家的自我实现过程以及对社会的影响与责任，并呈现了艺术家所遭遇的精神创伤与生存困境。《浮世画家》中的主人公小野增二在第二次世界大战期间效力于

---

① ［匈］阿诺德·豪泽尔：《艺术社会学》，居延安译，上海：学林出版社，1987年，第27页。

日本政府，用画作宣扬军国主义，在政府的推动下成为名噪一时的画家。然而，战争结束后，社会环境发生了重大的变化，参与和效力于日本军国主义的人被看作战争罪犯，小野不但迅速失去了昔日的荣耀，而且成为人们指责的对象。面对战前与战后截然不同的现实，小野在回忆中不断地反思自己的生活和国家的命运。小说展现了小野作为一位画家的成长以及心路历程，对于人们理解艺术家的精神创伤和生存困境，提供了生动的案例和参照。下文遵循小野的成长轨迹，探索他在人生的不同阶段对自我价值的思考和实践，从而揭示艺术家精神困境在心理的、美学的和社会的三个层面的具体反映及其文化、社会根源。

一、心理层面：挑战权威与滥用权威

阿诺德·豪泽尔在其著作《艺术社会学》中指出："艺术家在其人生经历中要解决的是他对自己提出的问题，是怎样把自己从社会和习俗中解放出来，而不是如何使自己适应于社会和习俗。"[①]艺术家的自我意识和独特个性，是决定其艺术成败的关键。但是，他们自从选择画家这一道路开始，必须接受专业技能的培训，处于父母、老师、画界前辈等权威人士的影响甚至操控之下。面对生养自己和培养自己的前辈，艺术家必须有服从和尊敬的义务，但同时他们追求独立人格和独特艺术品质的强烈欲望，使得他们的反抗尤为激烈。在《浮世画家》中，小野的父亲一直强烈反对小野从事艺术，但小野在父亲的打击下仍然坚守自己的理想，成长为一名画家，使得这

---

① ［匈］阿诺德·豪泽尔：《艺术社会学》，居延安译，上海：学林出版社，1987年，第22页。

段成长过程贯穿着无法避免的矛盾。石黑一雄对他的小说做过这样的评论:"我想要描绘一幅这样的世界,领导者对下属拥有不可思议的心理上的控制权。如果下属想要挣脱这种束缚,他们必须显示出非凡的决心……我是指这种'老师—学生'的关系在世界不断上演。事实上,小说中权威的美术老师和叛逆的学生之间的紧张关系反映出更广阔的促使日本发动'二战'的社会政治事件。这种学生和老师、上级和下级、父母与子女之间的矛盾是小说主要关心的问题,而且这种矛盾是在小野从孩童到成人、从下属到领导、从学生到美术老师的成长过程中的核心问题。"[①]

小野最初反抗的权威人物,就是醉心于家族企业的父亲。小野的父亲对于儿子打算专门从事绘画职业一事非常不悦,因为他将商业与艺术看作两种背道而驰的事业,并认为"画家的生活,肮脏而贫穷,他们习惯于这样的生活境遇,这使他们容易变得软弱和堕落"[②]。这次事件以小野的父亲将儿子的画烧毁为高潮,但是这一次劝阻,只是进一步点燃了小野的雄心。正如小野对母亲所说的那样:"我不希望很多年后,我发现自己坐在父亲现在坐的地方,跟我的儿子讲算账和算钱……我有幸参加的这些会议是什么呢?数小钱,点硬币,一小时接着一小时。"(57)

烧毁画作的人先是小野的父亲,再是小野的老师毛利君及其学生。那些与小野一起拜师在毛利君门下的学生,一旦发现作品在思想上与大师龃龉的地方,或者放弃作品,或者把作品像垃圾一样付

---

① Gregory Mason, "An Interview with Kazuo Ishiguro," *Contemporary Literature* 30 (1989): 34—42.

② [英]石黑一雄:《浮世画家》,马爱农译,上海:译文出版社,2011年,第54页。下文出现的小说引文直接在引文后括号内用页码标注。

之一炬。毛利君的得意门生，先是佐佐木，再是小野，都被认作是"另辟蹊径"的"叛徒"。除非他们放弃自己的作品，要不然就会被毛利君的其他弟子所排挤，他们的作品也会被没收或者烧毁。

后来小野逐渐有了自信，开始勇敢地反抗毛利君，拒绝服从他的愿望。毛利君责怪小野的反抗，要求他把所有作品拿给他，目的就是为了全部烧毁它们，但小野拒绝了。当然，小野拒绝的结果就是他被赶出了毛利君的别墅。毛利君这样批评小野："你肯定能找到一个给杂志和漫画书画插图的工作"，"但你作为一名严肃画家的生涯到此结束了"（227）。面对老师的指责，小野内心觉得"作为一个老师——不管他多么有名——表现出这样的傲慢，这样的占有欲，着实令人遗憾"（227）。小野认为自己是典型的自由思想者和具有批判精神的艺术工作者："如果说我年轻时的行为显示了日后大受尊敬的品质，倒也不是过分夸张，这种品质就是不管周围的人怎么想，都要有自己的思考和判断，即使这意味着与我周围这些势力对抗。"（85）小野对自己一贯能够挑战权威非常自豪，认为自己永远不会"盲目从众"，并会超越"我们周围那些低级和颓废的影响"。

然而，小野获得了社会名望和影响力后，开始进一步寻求民族主义和军国主义的认同。他不仅是画家和内务部文化委员会的委员，而且担任了"反爱国动向委员会"的官方顾问，这些职务使得他自己也变成了艺术界的权威。由于他认为自己的一个学生黑田的作品有反爱国主义的倾向，于是向有关部门提供了这方面的情报。政府当局由此解除了黑田的职务，把黑田带回警局审问，并将他当作背叛者关入监狱，对他百般折磨，以一种纳粹式的方式烧掉了他的画作，并将画作称为"反爱国的垃圾"（具有讽刺意味的是，小野之前因为背离毛利君的艺术理想而被称作"叛徒"）。无可否认的是这不再是一个有关艺术的问题,虽然小野的初衷只是"建议有关当局派人过来跟黑田聊一聊",并认为"这也是为了他好",但在现实中这一针对黑田的举动被认为是"警方调查"。在这一系列事件之中,小野充当了压迫学生和他人的专制者,成为权威与专制的老师角色。

挑战权威与滥用权威在小野身上实现了一个具有讽刺意味的轮回,但这也是艺术家与权威之间本身的悖论:艺术家潜心栽培出来的最优秀的学生,其艺术个性和艺术素养必然是最出类拔萃的,结果自然是优秀学生逐渐超越老师并抗拒老师权威,老师反而成为学生前进的障碍,从而导致老师权威的坍塌和师生关系的破裂。而当学生在艺术上获得成功、获得社会认可之后,就逐渐登上了艺术权威的地位,于是新一轮的权威压制学生、学生继而反叛的故事就会重演。在艺术中,模仿就意味着死亡,艺术作品必须具有个性与超越性的内在本质,决定了艺术权威是一个永远会受到挑战的对象。小野在开始反抗权威、到后来滥用自己的权威的过程中所遭遇的精神创伤与困境,是小野自己无法预料也不可避免的。综观小野的一生,他年轻时在反抗权威的过程中承受了种种打击,而后来在功成名就之时,"无意之中"滥用自己的权威,不仅让自己的学生身陷囹圄,也让自己承受了良心上的折磨与痛苦。小野在战后去黑田家里,试图希望获取黑田的谅解,但黑田对于遭受的伤害耿耿于怀,拒绝了他的面见要求,这成为小野心中无法抹去的阴影和伤痕。

二、美学层面:艺术价值观的冲突

小野的一生经历了不同艺术阶段,对艺术的美学价值产生了怀疑,在一次次的身份认同危机中,他不断地进行自我否定和反思,其艺术观念不断变化,导致了他的艺术价值观的激烈冲突。

小野成年后最开始受雇为"竹田公司"职员,成为竹田大师学生。这家公司把艺术看成是一种商业活动,强调数量过于质量,商业价值取代了美学价值,公司以能在很短时间内提供大量画作而著称。这里的学生被雇主剥削,被要求画出东方的、有"日本味"的日本作品,主要卖给外国客户。那些画得快的人能得到奖赏,像他的同事"乌龟"这样动作太慢的人遭到责备,因为公司关心的只是让他画得快一点,而非好一点。小野被迫经常加班加点才能完成任务,整天累得筋疲力尽、晕晕乎乎。具有讽刺意味的是,小野小时候就看不惯父亲把赚钱看得高于一切的庸俗的物质主义观念,决心从父亲对他的控制中挣脱出来,树立了成为一名艺术家的雄心。然而小野加入的这家艺术公司,只是为满足外国需求而生产日本画作的"血汗工厂",生产没有新意的传统作品,以讨好主流观念为主,艺术的独立性随着艺术作品的商业属性而丧失殆尽,与那些普通的日常商品相差无几,这自然无法为小野提供一个自由创作的心境与环境,更无法让他实现精神上的满足。

与他在一家重数量超过质量、重商业利润超过自我表现的公司的第一份工作形成鲜明对比的是,小野接下来进入第二个职业阶段,来到毛利君的别墅工作了七年时间。在毛利君主导的工作室里,学生们既没有与世界交流的氛围,也没有满足世界的需求的欲望。毛利君的艺术寻求"捕捉娱乐世界里转瞬即逝的灯光",描绘"天黑后的娱乐场所"的"虚幻的""转瞬即逝"的美,跨越真实世界以歌颂小说标题所指示的"浮华世界"(186)。如果说小野之前的公司是一种为艺术而谋利的心态,那么现在的公司就是为艺术而艺术的。在毛利君看来,美就是艺术,将艺术作品的美学价值看成最高目标。他的美学态度,正应和了莱辛在《拉奥孔》中对艺术作品的看法:"我希望把艺术作品这个名称只限用于艺术家在其中是作为艺术家而创作,并且以美为唯一目的的那类作品。"①实际上,在毛利君的衰败的别墅里,小野毫无规律地工作和生活着,别墅里的世界就如同与荒凉、缺乏美感的主流社会隔绝的典型的波西米亚世界,毛利君倡导的波西米亚生活方式,包括肆意的畅饮以及感官上的寻欢作乐,这正是小野的父亲为儿子所担忧的。小野曾如此陈述毛利君对他的影响:"我们的生活完全与老师的价值观和生活方式相一致,比如我们必须花大量时间探索城里充斥着娱乐、消遣和饮酒的夜晚'浮华世界',它们是我们所有绘画的背景。"(179)评论家皮特·韦恩指出,由于学生的绘画作品的内容、形式和意识形态的纯粹性必须与毛利君的要求相符合,因此毛利君的别墅"虽然与竹田公司不同,实际上并不亚于之前公司里的压抑环境,只不过那里没有生产目标或截止日期"②,在这两种环境当中,都缺乏真正让小野实现自我价值的环境和自由。毛利君为艺术而艺术的态度,使得小野开始质疑艺术的价值。他认为如果艺术作品不去触及现实生活中的重大事件,就会使人们对现实做出错误的估计,并导致自我欺骗和自我堕落,逃避社会现实和生活的责任。

对艺术的审美价值的怀疑,使得小野进一步探索艺术能否具有更大的社会和道德价值。对于艺术的审美价值和社会价值之间的关系,历史上曾有诸多探讨,并有不少思想家发表过拒绝美学的尖刻评论。阿多诺曾在《美学理论》中指出,人们很难恰当地从审美角

---

① [德]莱辛:《拉奥孔》,北京:人民文学出版社,1979年,第57页。
② Peter Wain, "The Historical–Political Aspect of the Novels of Kazuo Ishiguro," *Language and Culture* 23 (1992), p. 177.

度来认知艺术，并认为这种倾向是许多人退化意识的一个标志。① 而马克思主义批评家托尼·本尼特（Tony Bennett）的言论，代表了一种在美学与政治之间进行选择的、更加具有政治实用性的话语。他指出："价值的政治效用是不容质疑的。它通过构筑一种理想的个性来发挥作用，对这一个性而言，有广泛代表性的社会理想可以清楚地加以表达。"② 因此，后来小野受到民族主义者松田的诱导，很快接受了松田关于画家不能躲在象牙塔里而是应该致力于让日本变得更加富裕和强大的言论，滑入为军国主义服务的泥沼，在"二战"初期为日本天皇的帝国主义、军事化目标效力，为法西斯政体而服务。在这一时期，小野真诚地认为只有当自己的艺术服务于民众和国家利益的时候，他才能真正实现自己的艺术价值。

三、社会层面：时代变迁中的角色混乱

每个人的地位、职业和身份所决定的综合身份模式，就是他在社会中的角色。美国现代社会学的奠基人之一塔尔科特·帕森斯强调角色与体制的关系。他认为，社会的平衡是以不同的角色各尽其职地完成自己的责任与权利而实现的。当原有的社会均衡被打破时，或者说新的体制取代旧的体制时，角色的责任和权利就会发生混乱。法国思想家保罗·利科在《历史与真理》中指出："只要对一种习惯和一种信念发生怀疑，道德世界的不稳定性就会显露出来，无止

---

① ［德］阿多诺：《美学理论》，王柯平译，成都：四川人民出版社，1998年。
② ［美］约翰·杰洛瑞：《文化资本——论文学经典的建构》，江宁康、高巍译，南京：南京大学出版社，2011年，第259页。

境的疑问就会侵蚀作为我们的行动基础的主要支撑。"① 个人的角色随着时间的流逝而失去独立自主性的这个困境，正是石黑一雄小说最重要的主题。他曾明确指出："我比较感兴趣的，是当人们投入全部精力到一种社会普适的价值观之上，最终发现这些价值观发生了变化，他们的认识会发生什么变化，去观察当那些人达到人生终点之时突然发现世界对于是非好坏的判断早已发生了变化，可对于个体命运来说，悔时已晚的处境，他们原本有最好的意图去遵循社会价值，但历史却证明他们很愚蠢，甚至还有一些人曾经根本就是在犯罪。"②《浮世画家》就是这一主题的直接表现。艺术家小野被卷挟进"二战"期间与日本军国主义相关的政治事件中，履行了他认为自己应尽的职责。但是当他艰难度过人生的大部分时光之时蓦然回首，却发现这个世界的价值观发生了天翻地覆的变化，他已经被新世界的道德伦理体系所抛弃。

小野在战争期间接受了政府进行军国主义和美化战争的宣传，认为日本皇军是在进行一场保卫国家的圣战。德国哲学家费希特在论述知识分子的使命时曾这样说，他们"高度注视人类一般的实际发展进程，并经常促进这种发展进程"③。小野的内心正是回应了这样的使命召唤，他相信艺术作品之所以能跨越时代而存在，是因为它可以不断地介入历史的进程。小野用自己的艺术作品来宣扬这种

---

① [法]保罗·利科：《历史与真理》，姜志辉译，上海：上海译文出版社，2004年，第159页。

② Writers Bloc, Kazuo Ishguro with F. X. Feeney: Wednesday, October 11, 2000 *at the* 'Guild Theatre, Los Angles, http:/www.Writersblocpresents.com/archives/ishiguro/ishiguro.htm p. 17.

③ 梁志学主编：《费希特著作选集》（第三卷），北京：商务印书馆，1994年，第40—41页。

军国主义，在政府的推动下成为名噪一时的画家。他在"国务院的艺术委员会"供职，效劳于"新的爱国精神"，在1938年到了他职业生涯的辉煌时期，被授予"重田基金奖"，这是他所称的"重要的里程碑"，完成了新日本运动，并取得了他认为的巨大成功。他认为自己实现了一个艺术家的社会职责，并告诉自己的老师："我相信在这个动荡不安的时代，画家必须看重一些比随着晨光消失的欢乐更加实在的东西。画家不必总是缩在一个颓废而闭塞的世界里。"

小野分别称他前两段艺术阶段为"浅显的"和"堕落的"，并且期待在第三阶段大有作为，表明他现在寻求的是超越周围那些让人们随波逐流的低级与颓废的影响，因为它们大大削弱了民族的精魂。他反对在他中年时期盛行的"怪诞"与"浮华"，现在接受的是一种"新的精神"，一种在日本出现的"更阳刚的精神"。但是具有反讽意味的是，作为一个称自己拥有自由思想的人，小野见风使舵地与一群"对天皇死忠"的艺术家厮混。

由于小野有着重要的艺术地位和巨大的社会影响，大女儿的婚事一谈即成。然而，战争结束后，日本政府却采取了不同的政策，他们在美国的导演之下开始推行"民主化"的方针。在这个新的社会环境之中，人们对战争的本质有了新的认识，认为是军国主义宣传将国家推入战争的深渊，小野在家庭、艺坛和政界的崇高地位也随之丧失殆尽，不仅昔日的友人都弃他而去，甚至连他的女儿也认为他过去的历史是一种耻辱。面对战前与战后截然不同的现实，小野也在对过往的回忆中不断地反思自己的生活和国家的命运。在小野的叙述中，读者能感受到他无法适应新的政治和社会现实的迷茫和痛苦。他必须面对的，是他原先所不屑的美国化的日常生活、对传统价值的摈弃以及对日本军国主义的谴责。小野过去赖以获取自足、自尊和自信的社会基础已经轰然倒塌,尽管他所身处的新社会充溢着对重建社会的乐观精神,但他无法接受对日本过去价值体系的全盘否定,无法认同取而代之的以实用主义为主导的社会。同时,他的道德良知让他意识到了过去的日本政府是存在问题的,因此他在内心拒绝认同他战前所效力的政府所倡导的意识形态。

小野曾经认为自己过去的生活是合情合理的,他的艺术就是为了更好地来表现这种爱国情操;而在战后,当这种美丽的谎言被拆穿之后,他才恍然大悟,原来整个日本帝国是在为某种虚幻荒诞的理想献身,他的艺术也并非对现实世界的反映,而是漂浮在虚幻的理想之中的。诚然,"最伟大的艺术作品总是直接触及现实生活的问题和责任,触及人类的经验,总是为当代的问题去寻找答案,帮助人们理解产生那些问题的环境"①。但小野过分看重了艺术的宣传价值,附庸了当时社会特权阶层的思想,成为维持当时社会统治制度的喉舌,从而失去了艺术的独立性和生命力。

保罗·利科强调说,个人的身份一定与叙述过程中所建构的意义有关。"我们的主体并不是前后一致的时间序列,更不是一个不变的实体。我们的主体是在叙述的动态过程中搭建起来的。"②新旧体制的转化必然加剧艺术家对自己角色的困惑与怀疑,这在本质上是文化合法性的危机,艺术家在变化了的社会体制中失去了作为文化话语的生产者的主导性和优越性,陷入角色混乱的困境。

《浮世画家》在多处都提到了"犹疑桥","犹疑"恰当地总结

---

① [匈] 阿诺德·豪泽尔:《艺术社会学》,居延安译,上海:学林出版社,1987年,第65页。
② Paul Ricoeur, "Life in Quest of Narrative," in David Wood (ed.), *On Paul Ricoeur: Narrative and Interpretation*, London: Routledge, 1991, P. 30.

了小野的心理状态和精神困境。小说对小野的所有艺术阶段都保持质疑：艺术到底是为纯商业、美学或者政治目的而服务，这对任何一个艺术家来说，都是艰难的选择与命题，这从石黑一雄对于主人公名字的选择上可以得见。"小野"（Ono）这个名字的拼写，在英语里是一个从前和从后拼读都相同的回文形式，这暗示了艺术家所处困境的轮回。艺术家所代表着的特殊生存方式，将会一直是小说家们孜孜不倦地探索的话题，也是我们得以洞见人与世界的关系，以及人的生存价值的一个独特视角。

第二节 创伤性经历与记忆的滥用

石黑一雄是一位孜孜不倦地探索"记忆"主题的作家，他的小说大多采用回溯型的叙事结构，表现主人公的怀旧情绪。他在谈到自己的创作过程时一再确认回忆的作用："我基本上是依赖回忆。"[①] 他的《群山淡景》《浮世画家》《长日留痕》《无法安慰》等主要作品，都是建立在回溯型的叙事结构之上。这些小说中的主人公对自己的人生充满了自省精神，不断地追忆往昔岁月，执着地探索自己的人生意义。在他们身上，我们看到了一幅幅满目疮痍的心灵图景：尽管灾难都已经过去，但被历史所蒙蔽之后的哀痛，无法通过自欺欺人去逃避。石黑一雄正是通过这些人物的创伤，呈现了20世纪人类在战争、殖民、极权和各种灾难之下普遍的伤痕记忆。

[①] Dylan Otto Krider, "*Rooted in a Small Space*: An Interview with Kazuo Ishiguro," Kenyon Review, Spring 1998, Vol. 20, P. 146.

石黑一雄作品中的人物表现出的对过往的眷恋和对记忆的纠缠，归根到底，是由于他们在历史变迁中所经历的创伤，使得他们的身份认同遭遇了前所未有的冲击，迫使他们在记忆中去寻求辩护与慰藉。当代法国著名思想家保罗·利科在《受伤的记忆：创伤与滥用》中指出，在世界上众多地区所呈现出来的对记忆的操作景象并不平衡，"看起来好像这儿的记忆太多，而那儿记忆太少"①。他认为这个疑难问题与记忆的使用有关，涉及对"谁"以及"我是谁"等问题的回答，而这个问题贯穿了整个语言、行动、叙述以及道德归因的秩序。由于人们的身份认同容易受到的伤害的来源很多，记忆就被人们加以过度使用或者不完全使用，从而造成记忆的扭曲和失真，这就是保罗所界定的记忆的滥用。他认为，记忆得以大量引发和滥用的现象可以从三个方面来考察。

　　"第一首先与时间有关，确切地说是在于自我在时间中的独立自驻性相关。滥用的第二个来源在于从面临不同和差异的那一刻起存在的与他人的竞争以及对身份的真实的或者想象的威胁。……第三是建立主要是集体身份认同时的暴力参与。"（《记忆之谜》：48）

　　保罗·利科关于记忆滥用的论述，在身份认同这一主题的统领之下，兼顾个体心理、群体生活和社会文化等方面对于记忆的影响和操纵，以具体而又深刻的视角阐释了记忆被过度使用的本质，为人们理解石黑一雄小说中记忆与真实的关系提供了绝佳的参考视角和清晰的分析范式。本节以《浮世画家》为例，从保罗·利科提出的记忆滥用的三个来源，即"独立自我的灭失""真实或想象的威

---

① 陈启能等主编：《记忆之谜》，南京：山东大学出版社，2009年，第48页。后文出自该著的引文，将随文在括号内标出该著名称和引文页码，不再另注。

胁"和"集体身份认同过程中的暴力参与",分析主人公如何遭遇来自这三个方面的冲击,从而遁入记忆深处,在对记忆的过度化和工具化使用中僭越了真实、获取了慰藉,并探讨记忆机制对于揭示小说人物性格和主题的特殊作用。

一、独立自我的灭失

在现代社会,人们对于记忆有了越来越多的关注和兴趣。德国学者莱茵哈特·科塞勒克认为,记忆成为人们关注的焦点的时代背景,是因为传统的分裂和社会的发展以加速度进行,使得过去的经验越来越无法带来足够的知识使人们能够应对未来的挑战。历史不再是最好的老师,而年长者也无法再凭借人生经验引导年轻人。面对着代表过去的经验空间与代表未来的期待视野之间出现的巨大断裂,人们的反应是"拒绝过去,同时显现出对重塑过去的强烈兴趣"①。这种重塑过去的倾向,往往导致人们对记忆的过度使用。对此保罗·利科明确指出,记忆滥用的最重要的原因,是随着时间的流逝,自我失去了独立性。这个困境,正是石黑一雄小说最重要的主题。他曾明确指出:"我比较感兴趣的,是当人们投入全部精力到一种社会普适的价值观之上,最终发现这些价值观发生了变化,他们的认识会发生什么变化,去观察那些人达到人生终点之时突然发现世界对于是非好坏的判断早已发生了变化,可对于个体命运来说,悔时已晚的处境,他们原本有最好的意图去遵循社会价值,但历史

---

① [德] 阿斯特莉特·埃尔、冯亚琳主编:《文化记忆理论读本》,北京:北京大学出版社,2012年,第121页。后文出自该著的引文,将随文在括号内标出该著名称首字和引文页码,不再另注。

却证明他们很愚蠢,甚至还有一些人曾经根本就是在犯罪。"①

《浮世画家》的主人公小野增二,就经历了石黑一雄所描述的这种巨变。小野是一位很有天分的画家,在"二战"期间接受了政府进行军国主义和美化战争的宣传,用自己的艺术作品来宣扬军国主义,在政府的推动下成为名噪一时的画家。然而,战争结束后,人们对战争的本质有了新的认识,开始谴责军国主义的行径,小野在家庭、艺坛和政界的崇高地位也随之丧失殆尽,面对战前与战后截然不同的现实,小野也在对过往的回忆中不断地反思自己的生活和国家的命运。

就是在这样一个自我身份认定存在着矛盾和危机的动荡过程当中,小野一次次地走回记忆深处,找出一个个让自己的行为合情合理的理由,使他的回忆充满了强烈的个人感情色彩,并偏离了真实。著名文化学者扬·阿斯曼指出:"人具有一种确立适时的身份的需求……正是这一欲望使得我们的记忆带有感情色彩。"②当小野回忆过去的时候,他的语调是骄傲的,甚至是自我恭维的,他觉得他的过去带给他的感受,是一种"当一个人的努力被证明是有价值的,那种由衷的幸福感"③,这明确地反映出他有着明确的欲望,希望把过去看作他在艺术、道德、社会成就上的天堂,如果没有受到后来的历史事件的影响,他的个人雄心和追求就不会受到质疑和影响。他

---

① Writers Bloc, Kazuo Ishguro with F. X. Feeney: Wednesday, October 11, 2000 *at the Writer's Guild Theatre*, Los Angles, http:/www.Writersblocpresents.com/archives/ishiguro/ishiguro.htm p.17.

② 陈新、彭刚主编:《文化记忆与历史主义》,杭州:浙江大学出版社,2014,第17页。

③ [英]石黑一雄:《浮世画家》,马爱农译,上海:上海译文出版社,2011,第38页。后文出自该著的引文,将随文在括号内标出该著名称和引文页码,不再另注。

强烈地希望人们认为他做的事情是值得的。正是这种希望在过去的历史中肯定自己的欲望，使得他在回忆中具有美化过去、为自我辩解的倾向。小野多次回忆起他与学生们在工作之余进行的那些充满爱国热情的讨论，因为他潜意识里试图证明他是一个有理想的人，对国家前途和命运充满了关切。同时，小野还仔细地回顾了他与政治激进分子的会谈，后者极力劝说他放弃空洞的美学追求，而应该让艺术服务于道德和社会的目的。这次会谈成为小野的事业转折点，使他开始维护民族主义路线。小野在这种回忆的背后试图证明的一点是，包括他自己在内的很多日本人，其初衷是为了推进日本的社会改革，让日本成为一个更公平更完善的社会。

历史的进程无情地改变了小野的理想，更摧毁了他以前为之骄傲的成就感。他所执着地为之努力的价值体系的坍塌，使得他觉得无助而绝望。正是面临现实的变化和价值的断裂，小野内心对于过去的记忆被大大激活。法国历史学家皮埃尔·诺拉认为，在面对历史的特殊过渡时刻，"伴随着记忆被撕裂的感觉出现了一种与过去的断裂意识，同时还有一个时刻，在这个时刻，这种撕裂又释放出了许多的记忆，以至于要找寻其承载的东西"（《文化记忆理论读本》：94）。面对新世界的冲击和否定，小野在往昔的岁月中一次次拾撷起来的记忆残片，是他试图稳定个体的自我身份、建立新旧自我联系的尝试。在历史的嘲弄面前，个人的力量微乎其微，这样的记忆残片不能成为小野的精神寄所，他所能做的只能是自虐般地面对没有观众的舞台，表演自己一次次在记忆中徒劳的拾取。

二、真实或想象的威胁

保罗·利科指出，记忆滥用的第二个原因，是一个人自面临不同和差异的那一刻起,存在着与他人的竞争以及对身份的真实的或者想象的威胁。石黑一雄在《浮世画家》中,充分表现了小野遭遇的自我身份的威胁。在小野不停地为自己的行为进行解释和辩护的同时,他内心深处的一个更为强烈的欲望,是为自己在不利的新环境中获取更为稳定的身份。小野在战前的社会地位被连根拔起,被抛掷到一个完全陌生的环境中,在这里,小到日常的生活环境,大到文化价值和道德标准,都跟他以前的生活截然不同。在他眼里所有的地区似乎一夜之间变了模样:他不再受人重视,不能像以前那样参与各种重要场合,不敢对朋友承诺帮忙办事,就连自己的外孙在他面前也恣意任性,全然不像他当年在父亲面前那样诚惶诚恐,让他感觉"年轻一代的性格出现了一种我不能完全明白的改变"(72)。

在战前,小野的学生绅太郎和他的弟弟遇到难处找他帮忙,小野没有费什么心思,只是例行公事般向国务院的一个熟人写了一封推荐信,结果兄弟俩的事情很快就得到了解决,他们毕恭毕敬地登门道谢,表示会一辈子感恩不尽。这件事情使得小野体会到了相当的成就感,感慨"我竟然已经达到了这样高的地位,自己却还没有意识到"(20)。与此形成对照的是,在战后的某一天,小野和绅太郎一起在川上夫人家的酒馆"逍遥地"里喝酒聊天时,川上夫人抱怨自己家的几个年轻人怀才不遇,找不到称心如意的工作。绅太郎当时立刻建议让他们来找小野,认为小野只要在适当的时候说一句好话,她的亲戚立马就能找到一个好工作。但是,对于绅太郎的建议,他拒绝提供帮助,推脱说自己现在退休了,已经没有那么多关系了。话虽如此,小野的内心却有着强烈的不安,不甘心承认自己已经毫无影响力。他自我安慰般地想到,"其实我心里也知道,绅太郎的建议也有一定的道理。如果我愿意去试一试，说不定又会为我的影响力之大而感到惊讶。就像我说的，我对自己的地位从来没有清醒的认识"（20）。一方面，小野以退休为理由，说明自己不能再帮忙，另一方面，在他的内心深处，又渴望着证明自己的影响力能够延续。尽管他以对自己的地位缺乏清醒的认识来安慰自己，但他最终拒绝出面的事实，证明了他害怕去面对现实的脆弱心理。他曾经带过无数优秀的学生，但他现在最喜欢的，是一直虔诚地崇拜着他的、十七年来几乎没有任何变化的绅太郎——他天真、幼稚，目前的专长是画消防车。只有跟他相处的时候，小野才感觉到了安心和快乐，并认为"如今，已经很难碰到像他这样没有被这个时代的冷漠和怨恨玷污的人了"（21）。绅太郎在时代的潮流面前，无疑是一个安于现状、缺乏进取的弱者，甚至在很多问题上显得无知，这样的人不仅不会给小野带来威胁和伤害，反而会让他感到温暖和自信。

但是，生活中像绅太郎那样的人少之又少，小野时时面临着给他带来冲击和威胁的人。他目前生活中面临的最大危机，就是小女儿仙子的婚约被男方取消。大女儿节子认为此事对仙子的打击很大，不断向父亲追问对方毁约的原因。小野一方面将大事化小，认为这件事"没有那么严重，实际上，八字没有一撇呢"（13）；另一方面，男方并没有明确地告诉他毁约的原因，他推测是由于双方家庭地位过于悬殊："从我对三宅一家的观察来看，他们只是又骄傲又厚道的人，想到儿子要攀高枝，就觉得心里不太舒服"，"也有可能，看到我似乎赞成这桩婚事，他们觉得迷惑不解"。（17）同时，小野还声称自己把名声地位看得很淡，并不在乎对方家境不好。面对女儿婚事告吹的事实，读者心知肚明是由于三宅一家调查了小野的历史后，鄙视、仇恨战争的帮凶，不愿意跟一个有着战争犯罪嫌疑的家庭有瓜葛。由于小野内心拒绝接受这样的理由，无法接受一个在战前比自己相差很多的家庭看不起自己的女儿的事实，所以他反复地对三宅一家进行揣测，从而得出了在他眼里最合情合理的理由。当然，这个理由刚好与事实相反，真正遭到嫌弃的，并不是三宅，而是仙子。婚约被毁，无疑是小野所遭遇的当头一击，但他无法改变仙子当前的处境，他唯一能做的，只是在记忆深处去寻找这件事情的"合理"解释，给自己和两个女儿一个交代。

德国学者阿莱达·奥斯曼曾指出，人们记忆中有很多杂乱的因素，是一个未分类的储备，部分是现在的未受关注的，部分是因痛苦或丑闻而被深深埋藏的。当记忆中的某些内容被一个主体用于"选择、连接、意义建构这一过程时候，那些无组织无关联的因素就成了整齐的、被建构的、有关联的因素"（《文化记忆与历史主义》27）。为了捍卫遭遇到重重威胁的社会地位、自我尊严和家族利益，小野一方面选择了与他性格和处境类似的绅太郎作为回忆的参照，寻求心理平衡，另一方面通过回忆对三宅一家进行了种种推测，得出与事实完全相反的结论，寻求自我安慰。记忆就是这样绕过了真实的路径，跟随着小野对过去荣光的眷恋，到达了一个只有小野自己能够辨识的终点。小野内心的回忆图像，就像对照片聚焦部分进行了美化、加强、放大和艺术加工。而他所关注的焦点，正是来自外部世界对他在战争期间的行为进行质疑和审查的部分。

三、集体身份认同过程中的暴力参与

个人身份的一个必要维度是他所从属的集体身份，而记忆是人得以确立自己的集体身份的重要途径。保罗·利科指出，人在确立

自己的集体身份时，往往掺入了暴力性的因素，这种暴力性的因素使得人们对现实的认知和过去的记忆充满了质疑。新政权的更迭、开国大典等事件在很大程度上使得人们确立了自己的集体、民族身份，但这些事件在本质上而言都是暴力行为，这些行为事后由尚不稳定的法制国家予以合法化。对一些人来说是荣誉的东西，对另一些人而言就是侮辱。一方的庆祝对应的是另一方的诅咒。对于经历了历史转折点的人们来说，"对死于非命的恐惧迫使他们由自然状态转向缔结一个能首先给予他安全保证的契约"（《记忆之谜》：49）。小野增二正是在这个转折过程中遭遇了迷惑与惶恐，过去自己的所作所为被推崇、被歌颂的，现在被整个社会所鄙视、谴责，甚至让他感到生命受到威胁。他唯一的儿子已经在战争中为国捐躯，而在战后当他听到人们要求战争罪犯以死谢罪的呼声高涨，看到人们对具有军国主义嫌疑的行为进行暴力惩罚，小野的内心充满恐惧，他无法自控地一次次在回忆中去寻找自己可以免以受罚、逃脱恐惧的理由。

这种威胁首先来自自己身边的人。女儿仙子在婚事被退掉以后，在路上遇到三宅次郎，与他聊到了新的未婚妻，并差点去追问对方悔婚的原因，因为她认为退婚一定另有隐情。小野得知此事后大为光火，认为仙子不应如此随便，因为在小野眼里，三宅退婚的理由就是因为家境欠佳而自卑所致。小野努力回忆与三宅的交往，想起了一年以前与三宅次郎在电车站的一次偶遇。当时三宅"穿着一件看着很旧、有点嫌大的雨衣，胳膊下夹着一个公文包。看他的摸样，活像一个被老板吆来喝去的打工者"，"好像他从一个名声不好的场所出来被我抓住了一样"（64）。小野认定就是那次邂逅让三宅颜面丢尽，导致了一周以后发生的退婚。由于两个女儿还是无法认同他的看法，他再次努力地回忆与三宅的那次相遇的所有细节，想起了一段他当时认为并没有什么意义的谈话。当三宅谈到他公司的总裁自杀身亡时，公司里的所有人都对总裁肃然起敬。总裁自杀的原因，是他本人觉得应该为在战争中所做的一些事情负责，三宅认为"他的行动是代表我们大家向战争中遇害的家庭谢罪"。小野自然无法认同三宅的观点，认为自杀是一种极大的浪费，反驳说："如果你的国家卷入战争，你只能尽你的力量去支持，这是无可厚非的。有什么必要以死谢罪呢？"（67）但三宅坚持认为只有这样才能让人们觉得过去的罪行已经得到救赎，可以去展望未来，并在小野面前坦言道："有时候我认为，有许多应该以死谢罪的人却贪生怕死，不敢面对自己的责任，结果反倒是完美如总裁那样的人慨然赴死"。虽然有些人在战争中为国效忠，但正是这些人把国家引入了歧途，"如果这些人不肯承认自己的错误，实在是懦夫的做法"（67）。

对于"最怯懦的做法"这样的话，小野自己也不能完全确认是外表斯文的三宅说的，还是血气方刚的大女婿池田说的，因为池田和三宅对于战争罪犯有着极为类似的看法，他们对于那些在战争中英勇赴死的英雄士兵们赞赏有加，而对那些派遣他们去战场的战争罪犯嫉恶如仇。小野的儿子健二在战争中为国捐躯，当健二的骨灰从中国运回日本，大家为他举行告别仪式时，池田就直言"真正的战争罪犯却依然活在我们中间，不敢露出自己的真面目，不敢承担自己的责任。在我看来，这才是最懦弱的做法"（71）。三宅和池田对真正的战争罪犯应该以死谢罪的态度，让小野心中充满了困惑和恐惧。出于对自我生命的本能保护，他在与三宅、池田的对话中据理力争，认为"在战争中尽忠效力，战斗和工作过的人们，不能被称作战争罪犯，这个词用得太过随意"

(68)。同时，他将问题归咎于年轻人的心态和品行出了问题，不明白他们为什么对长辈怀有这样的怨恨，甚至如此刻薄、恶毒，而且他担心这样的态度似乎也正在影响他的女儿节子。从心理学的角度来讲，人们经历暴力威胁的主要影响就是导致持久的记忆。丹尼尔·夏科特在他所著的《记忆的七宗罪》里，详细论述了当人们遭遇暴力威胁时所产生的缠绕性记忆："他们经常不自觉地去回忆，似乎这样做就能够取消或者改变已经发生的事情。"[1]小野正是在缠绕不去的回忆中试图让自己相信，发生在其他战争罪犯身上的命运不会发生在自己身上。他反对三宅和池田对于战争罪犯的看法，拒绝将自己等同于战争罪犯，更无法接受自己应该去自杀谢罪，因此他不由自主地模糊、淡化了他与三宅和池田的对话内容，反而将记忆的重点导向三宅的自卑、窘迫，以及池田由于惨痛的战争遭遇而扭曲的性格。

暴力的威胁还来自更大的范围。他发现，像三宅和池田这样态度的人最近周围比比皆是。他在川上夫人的酒馆里无意间听到一个男人说，一个叫平山的小伙子被人打成脑震荡，还断了几根肋骨，就是因为那天晚上坐在酒馆里的人听见他"一直在唱那些老军歌，喊一些退步的口号"（73），于是就把他狠狠地揍了一顿。平山是个傻子，智力只相当于一个孩子，为了引人注意，他经常站在街上唱日本军国时期的战歌，模仿政治演说，成为街头一景。以前大家看到他，经常会停下来拍着他的脑袋，称赞他鼓励他，给他钱，或者买东西给他吃。这样一个从不伤害别人的弱智年轻

---

[1] ［美］丹尼尔·夏科特：《记忆的七宗罪》，李安龙译，海口：海南出版社，2003年，第212页。

人，仅仅是因为唱军歌就遭人毒打，这在小野看来是丧心病狂的举动。不难推测，如果小野在战争时期为军国效力的事情被一些性情急躁的年轻人知道以后，小野很可能会遭遇跟平山一样的毒打，甚至更为严重的威胁。小野感受到了这种无所不在的威胁，感慨"最近国家的情绪都有了变化"，"如果你仔细研究每个人对你说的每句话，似乎都会发现其中贯穿着同样的怨恨情绪"（74）。正是在这种对死亡的恐惧和逃避的过程当中，他的记忆变得混乱、错位，开始怀疑三宅、池田，甚至那一代的年轻人都说过战争帮凶罪不可赦的话。

  小野的经历清楚地凸显了一个事实，那就是个人的道德观念和价值取向往往被集体主义的强光所淹没，而个人的生命更是常常被集体主义的使命所威胁和剥夺。和那些在战争期间战死沙场的年轻人比起来，小野是幸运的。但是他在战后遭遇的道德审判、内心煎熬和无形的死亡威胁，让他产生了巨大的不安和恐慌，只能游走在现实的边缘，在矛盾和模糊的记忆中去抗拒潜在的暴力威胁和对于死亡的恐惧。他的记忆所呈现的矛盾和模糊之处，让我们得以更为深入地理解个人记忆在遭遇集体性暴力事件的冲击之后所产生的变化。个人的记忆随着他在集体中的位置而变化，暴力性事件的冲击性越大，个人记忆就越有可能制造出一种虚拟的真实，从而与现实之间产生的隔阂越大。值得欣慰的是，小野尽管无法通过记忆的修葺和美化去修复往昔的过失，但他的怀旧无疑具有反思所带来的新的可塑性。就像小说中所描述的那样，小野后来意识到了自己犯下的错误，对日本在未来的发展也寄予了希望。小野的记忆绝不仅仅是静态的重建，而是抵御沉重的现实所做的积极努力，并指向了对流逝的时间和历史的思考。他所营造的虚拟现实，就像是展开一幅曲折的精神地图，而他踽踽前行的终点，就是和自我约见，最终让自我获得醒悟和超越。

对于石黑一雄而言，《浮世画家》是他巧妙设计的一个记忆迷宫，让读者穿梭在历史与现实的交叠之中，体会一个遭遇历史巨变所带来的创伤的画家小野曾二的心路历程。由于小野失去了稳定的判断自我价值的标准、自己的地位受到了真实或者想象的威胁，同时害怕新政权下的年轻人对自己的生命产生威胁，他的回忆充满了抵抗线性时间和历史事实的强大力量，在自我保护和防御的驱动下，以一种持续的、侵入式的重返，不断地僭越着、修正着、补充着他对历史和现实的感受和认知。

正如美国历史学家海登·怀特所说，我们这个世界被呈现的方式，并不是"将一件件事情叙述出来的结果，而是一种被叙事化的结果"[1]。保罗·利科也强调说，个人的身份一定与叙述过程中所建构的意义有关。"我们的主体并不是前后一致的时间序列，更不是一个不变的实体。我们的主体是在叙述的动态过程中搭建起来的。"[2]在《浮世画家》这部小说中，记忆就是呈现一个被叙述的世界和一个动态的自我的媒介。小说中的记忆滥用体现为记忆被过度化和工具化使用，其目的并不仅仅是为了表现主人公的忧郁个性和强化他的创伤性经历，而是通过记忆的障碍和反复，在他自身内"产生一

---

[1] Hayden White, "The Value of Narrativity in the Representation of Reality," *Critical Inquiry* 7.1 (1980), p.27.

[2] Paul Ricoeur, "Life in Quest of Narrative," in David Wood (ed.), *On Paul Ricoeur: Narrative and Interpretation*, London: Routledge, 1991, P.30.

种深刻而痛苦的,关于过去之真相和他自身之意义的不确定性"[①]。在这种挣扎和思考的过程中,历史不再作为一种完善的知识被获得,而是必须被想象为永远规避或者规避我们所理解的东西。在记忆的不断冲刷之中,读者会面临重新认识历史和认识自我的挑战,并与小野一道去探究在面对时代的变化之时,个人应如何确立自我价值和维持自我尊严、如何处理国家与个人利益、如何适应新的社会变化等具有永恒意义的难题。

第三节　个人创伤与帝国命运
——文化资本的陨落

艺术家是小说中常见的人物类型。艺术家作为一类独特的人群,其职业特征需要他们超越日常生活去审视个人与社会的关系,从而陷入艺术理想与生活现实、艺术追求与社会认可之间的矛盾和困境。因此,小说家往往通过塑造艺术家所遭遇的创伤经历,表达他们对文化价值的构成和变迁的理解。

石黑一雄就在小说《浮世画家》中塑造了小野增二这样一位艺术家形象,以此来反映画家的自我价值与社会责任之间的关系,以及画家在遭遇自我价值陨落之后的创伤心理。《浮世画家》中的主人公小野增二在年少时就反抗父亲要求他经商的要求,一心学画。成年以后,他先后在以商业利润为主导的竹田公司和追求纯艺术的毛

---

① [英]安妮·怀特海德:《创伤小说》,李敏译,开封:河南大学出版社,2011年,第20页。

利君的别墅里工作。"二战"期间小野效力于日本政府,用绘画作品宣扬军国主义,在政府的推动下成为权高位重的画家。然而,战争结束后社会环境发生了重大的变化,参与和效力于日本军国主义的人被看作战争罪犯,小野不但迅速失去了昔日的荣耀,而且成为人们指责的对象。面对战前与战后截然不同的现实,小野也在回忆中不断地反思自己的生活和国家的命运,反省自己的人生价值。小野早期抗拒父亲的意愿而立志学画,后来为竹田公司和毛利君工作,最后效力于日本军国政府,他在这三个阶段所追求的艺术与个人价值,分别体现了法国思想家布迪厄所描述的三种文化资本的表现形式,即文化能力、文化产品和文化符号。以布迪厄的文化资本和文化场域理论为基础,剖析小说主人公寻求文化资本的变化过程,有助于理解主人公所遭遇的文化和心理创伤,从另一个侧面去探讨石黑一雄对于个人价值与集体生活之间的关系这一主题的思考。

小野的人生经历反映了他在自我价值认定中的矛盾和变化,而这种变化的根源,可以从法国思想家皮埃尔·布迪厄(Pierre Bourdieu, 1930—2002)的文化资本理论得到有力的诠释。布迪厄认为,文化资本有三种存在形式:(1)具体的形态,以身体和精神的持久"性情"存在;(2)客观的状态,以文化商品的形态存在,如图片、书籍、词典等;这些商品是理论留下的痕迹和理论的具体显现,或是对这些理论、问题的批判;(3)体制的状态,以形式赋予文化资本一种完全是原始性的财产,而文化资本正是受到了这笔财产的庇护。[①]这三种形式可以分别以文化能力、文化产品和文化符号来命名。

---

① [法]皮埃尔·布迪厄:《文化资本与社会炼金术:布迪厄访谈录》,包亚明译,上海:上海人民出版社,1997年,第192—193页。

小野早期抗拒父亲的意志而决意学画，后来在竹田公司和毛利君别墅里的绘画实践，以及最后效力于军国政府的三个阶段，分别对应着布迪厄所描述的三种文化资本形式。他的成长轨迹，对于人们理解文化资本形态与价值的演进，以及以画家为代表的（知识分子）个体所经历的心理创伤，提供了生动的案例和注解。

一、文化资本的初始阶段——文化能力

任何社会制度都有其文化基础，"文化使得普通个人成为特殊的人"[①]。布迪厄在文化、阶级和权力的交叉领域对文化的构成进行了社会学的解析，阐述了文化作为一种资本的基本要素，开辟了一个全然不同的理论视野。文化资本的理论必然意味着"阶级"会成为文化分析必要的社会语境，如果确实有某种资本的形式可以被具体地称之为符号的或者文化的，那么，这种资本的生产、交换、分配和消费等等环节都会视社会为不同集团构成的阶级组合。布迪厄认为，文化资本的第一个因素是文化能力，文化能力是一种与阶级相关联的内在化的文化资本，它需要行动者身体力行，在不断积累中提升自己的文化修养，因此文化能力是个人的确定的组成部分，如文化习性、文化品位，与特定的个体紧密相连，随着拥有者的生物能力、记忆一起衰落和消亡，它不能通过赠与、买卖和抢掠等方式实现传递。

文化能力培养的第一站是家庭，也就是说，文化资本的生产和再生产的最初因素与社会出身、家庭培养密切相关。文化资本总是

---

① ［英］杰西·洛佩兹：《社会结构》，允春喜译，长春：吉林人民出版社，2007年，第30页。

被烙上最初获得状态的烙印,比如人的各种生活习惯都会透露他的家庭出身背景,无论怎样竭力掩饰,他都无法彻底抹去个体最初的文化社会身份,无法逃开获得这个身份的社会位置潜移默化地给予他的一切,而在这个最初的印痕中起决定性作用的就是家庭的传承。[①]在社会场域里,经济资本丰厚的家庭没有日常生活的压力,因此最有能力将一部分经济资本转化为文化资本,而经济基本相对缺少和贫乏的下层贫民,为了满足基本生存条件而不得不过着紧张忙碌的拮据生活,文化修养和文化积累对于他们而言不啻于奢侈的享受。布迪厄在《区隔》一书中阐述了文化能力的两种主要获得方式:第一种方式在人们还未形成意识的早期就全面展开了。它是通过年幼时期的家庭体验获得的,第二种方式从较晚的时期开始,以一种系统的、速成的学习方式进行。

在《浮世画家》中,小野出生在商人之家,他的志向是拥有出众的绘画技能,成为一名优秀的画家。虽然醉心于家族企业的父亲一直反对小野从事艺术,希望他能经营家族产业,但小野抗拒了父亲的意愿和权威,坚持自己的理想。从家庭所拥有的文化资本的角度来看,小野优越的家庭经济条件,在很大程度上使得他对艺术家这个未来职业的选择和坚持成为可能。他不用像那些家境艰难的孩子一样为了早早谋生而去学习养家糊口的生活技能,也不用迫于生存的压力而去选择赚钱的工作,而是可以有着优越的心态和闲暇的时间去思考个人的兴趣、爱好和价值,决定自己的人生走向。

小野的父亲很反对他从事绘画事业,因为他认为商业与艺术背道而驰,并认为"画家的生活,肮脏而贫穷,他们习惯于这样的生

[①] Bourdieu, Pierre, *Distinction*, Routledge & Kegan Paul, 1984, p.101.

活境遇,这使他们容易变得软弱和堕落"(54)。冲突的高潮是小野的父亲烧毁了小野的画,但这进一步点燃了小野的抱负。在这个阶段,小野的父亲并没有意识到艺术作为一种文化资本所具有的潜在资本价值。小野本人也是在功成名就以后,才对此深有感触,他教诲自己的学生说:"当一个人辛勤工作,并不刻意追名逐利,只是为了充分发挥自己的聪明才智时,名利就会在不知不觉中找上门来。"(25)

小野认为"名利会在不知不觉中找上门来",这种态度其实是对文化的无功利性和艺术家"天赋能力"的强调,而这正是布迪厄所反对的。他认为文化使得政治、经济上的不平等隐蔽起来,使得社会成员更牢固地误认社会秩序、等级的"天然性"和非历史性。小野后来的艺术事业曾经一度风生水起、功成名就,而这一切的起源,在于他的家庭背景为他提供了培养文化能力的基本条件,从而完成了文化资本的初始积累。

二、文化资本的形成阶段——文化作品

布迪厄认为,文化资本的第二种存在方式是文化产品,即具有文化能力的个体创造出来的产品。以物质形式的文化产品是可以传递的,如文学作品或者绘画作品。与文化能力不同的是,文化产品作为物质财富可以被占有,它只有在被占有并被作为一种投资参与到文化产品的斗争之中,才能够作为一种有效的资本而存在,才能获取一定比例的物质或者象征性的利润。在《浮世画家》中,小野先后进入竹田公司和毛利君的别墅工作,这是他创作文化作品的时期,也是其文化资本形成的阶段。他在这个阶段中遭遇的困惑和矛盾,体现了文化产品作为资本在文化场域的博弈。

小野得到的第一份工作是受雇为竹田公司的职员。虽然小野租住在狭小逼仄的阁楼里，但他认为"自己能当画家养活自己，心里非常高兴，也就不在意这些不如意的条件了"（80）。竹田公司的工作条件极其艰苦，工作任务又非常繁重，以其"能在很短时间内提供大量的画作而自豪"。竹田大师要求员工们画出大量具有东方情调和"日本韵味"的作品，主要卖给外国客户，并且告诉大家，"如果我们不能在船开走之前的最后期限完成任务，那么要不了多久，客户就会去找同行的那些竞争对手"（81）。为了完成公司分配的任务，小野不得不每天晚上加班，通宵达旦地画画，有时候晚上只能睡上两三个小时。尽管如此，小野"记不得我们有哪次没有按时完成任务，从这里也可以看出竹田大师对我们的控制"（81）。小野在这一阶段的生活显然与他的理想是背道而驰的：他小时候就看不惯父亲把赚钱看得高于一切的庸俗的物质主义观念，决心从父亲对他的控制中挣脱出来成为一名艺术家，然而小野加入的这家艺术公司，只是为满足外国需求而生产日本画作的"血汗工厂"，不但不能让小野拥有自由创作的空间，还让他的生活处于极度紧张和窘迫之中。当艺术作品作为文化产品存在时，艺术的社会性质会得到最大程度的凸显"在所有社会力量中对艺术家影响最大的就是公众趣味"，并且，随着现代社会艺术生产与艺术消费之间的关系越来越密切，"从马克思主义的现象学意义上说，艺术领域内的最新发展是：艺术消费应置于艺术生产之上"。①

为了脱离商品趣味的主宰，寻求艺术上的突破，小野接下去到

---

① ［匈］阿诺德·豪泽尔：《艺术社会学》，居延安译，上海：学林出版社，1987年，第135页。

毛利君的别墅工作了七年时间。如果说小野之前的公司是一种为艺术而谋利的心态,那么毛利君的绘画创作观念就是为艺术而艺术的,寻求的是真实世界之外的转瞬即逝的虚幻之美。他曾经这样教导小野:"年老以后,当我回顾自己的一生,看到我用毕生的经历去捕捉那个世界独特的美,我相信我会感到心满意足的。没有人能使我相信我是虚度了光阴。"(186)同时,毛利君对学生实行严厉的思想监控。学生的作品一旦与老师的思想不一致,就会被老师要求修改或者放弃。小野抵制毛利君的做法,结果被逐出师门。

竹田公司所信奉的商业至上,和毛利君所倡导的艺术至上,可以被看作艺术场域之间的较量。布迪厄认为社会空间在根本上是竞争性的。任何人群、阶级或阶层之间都会为了保证自身的再生产、追求利益最大化而发生冲突,社会空间被看作由众多场域形成的等级组织,人类行动者卷入其中竭力获取相对于这个场域的特定资源——资本,从而追求最大利益。[1]他将这种场域理论应用在分析通俗文学和精英文学的本质之上。布迪厄将文学体裁内部分为两个场域:"一个探索的场域和一个商业场域,这两个领域并无绝对的差别,而不过是在同一空间的对立关系之中得到确立的两个极点。"[2]人们之所以会提出纯粹趣味和艺术精英这样的问题,其实也是文学场内部斗争的结果。布迪厄对文学场的划分,同样可以用来阐释商业性画作和纯艺术画作之间的关系。竹田公司和毛利君别墅这两个地方,分别对应着艺术上的商业场域和探索场域,按照布迪厄的看

---

[1] Pierre Bourdieu, *The Outline of a Theory of Practice*, Cambridge: Cambridge University Press, 1977, p. 178.

[2] [法]皮埃尔·布迪厄:《艺术的法则》,刘晖译,北京:中央编译出版社,2001年,第240页。

法，这两个场域本无绝对差别，它们之间的关系是作为资本较量的结果，这种看法是对艺术本质主义的祛魅，也解释了小野为何在这两个地方难以为继的原因。小野本人对艺术的价值并没有确立清晰的态度，因此他对这两个场域都缺乏本质上的认同。他发现自己在竹田大师那里遭遇的是身体上和时间上的严厉控制，使他无法抽出时间进行创作；而在毛利君那里遭受的是思想上的严格钳制，使得他没有创作的自由。在这两个场域里，他都是弱势者和被压迫者，无法让自己的作品变成有效的资本从而提高个人的价值，因此，当他受到民族主义者松田的诱导时，很快便成为效力政府和军国主义的画家，从而向文化资本演进的第三个阶段进发。

三、文化资本的高级形态——文化符号

布迪厄在《实践的逻辑》中指出："符号斗争总是比讲究实际的经济学家所设想的更有效率（因而更具现实意义）。"[①] 当艺术家有了足够的符号资本——主要表现为声望、权威、头衔等，他的艺术作品就会作为一种带有象征意味的稀有物受到社会各个阶层的追捧，其文化资本的价值往往会超越其内容本身，此时的文化资本的价值在很大程度上依赖于艺术家的个人影响和地位，其形态也带有了符号资本的特征。布迪厄认为，这种受到体制保护的文化资本在官方认可的、合法化的能力与简单的文化资本之间确立了一种根本的差别，而那种简单的文化资本则需要不断地去证明自身的合法性。在某种程度上，艺术家的声望和权威的意义会超过他们的创作能力

---

① ［美］约翰·杰洛瑞：《文化资本》，江宁康译，南京：南京大学出版社，2011年，第1页。

本身，因此符号资本是艺术家追求的终极目标。符号资本并不直接表现为赤裸裸的金钱交易形式，而是以声誉、地位、权威等形式出现，这正好与艺术家们所宣扬的文化生产的超功利性不谋而合，因此在艺术场域中艺术家们十分重视符号资本的获取。

艺术家获得符号资本的途径之一就是获得政府或社会名流的认可。在《浮世画家》中，小野受到民族主义者松田的影响，接受了军国主义和美化战争的宣传，认为画家应该用艺术作品来宣扬军国主义，使日本成为一个强大的国家，因此他在政府的推动下成为名噪一时的画家。他不仅是"内务部文化委员会"的委员，而且担任了"反爱国动向委员会"的官方顾问，效劳于"新的爱国精神"，在1938年达到了他职业生涯的辉煌，被授予"重田基金奖"，这是他所称的"重要的里程碑"。他认为自己实现了一个艺术家的社会职责，并告诉自己的老师毛利君："我相信在这个动荡不安的时代，画家必须看重一些比随着晨光消失的欢乐更加实在的东西。画家不必总是缩在一个颓废而闭塞的世界里。"（226）小野认为他以前的艺术阶段是"浅显的"和"堕落的"，他寻求超越周围那些让人们随波逐流的"低级与颓废的影响"，因为它们大大削弱了民族的精魂。他反对在他中年时期盛行的"怪诞"与"浮华"的艺术风气，现在接受的是一种"新的精神"，一种在日本出现的"更阳刚的精神"。

小野在世俗生活和艺术领域都获得了地位和话语权，开始自觉或者不自觉地对周围的人施加影响。对于个人社会地位的影响，戴维斯指出："一个个体在他的头脑中携带着社会地位的思想，当相应的情况发生时他们就会把社会地位付诸行动。不仅仅一个人在头脑中携带着这种思想，其他人头脑中也携带着这种思想，因为社会地位就是互惠期望问题，并且必须被群体中的每一个人公然地和普遍地察觉到。"[1]社会地位作为一种重要的符号资本，必然带来利益，布迪厄明确指出："名誉行为所遵循的原则是经济主义尚未予以命名的一种象征利益。"[2] 当小野的学生绅太郎和弟弟遇到困难找他帮忙时，小野轻松地使兄弟俩的事情很快就得到了解决，他们毕恭毕敬地登门道谢，使得小野体会到了相当的成就感，感慨"我竟然已经达到了这样高的地位，自己却还没有意识到"（20）。由于小野是"反爱国动向委员会"的官方顾问，当他认为自己的学生黑田的作品有反爱国主义的倾向时，就向有关部门提供了这方面的情报。政府当局由此解除了黑田的职务，将他关入监狱。小野的言论和看法已然成为当时画家的画作能否得到社会承认的标准。

但是，从艺术场域和其他场域的关系来看，随着文化资本的内容与构成的变化，文化资本的价值也在经历着历时性波动。场域具有历史性，它在历史维度中经历了一个生成和稳定的过程，而且场域里的行动者通过不间断的互动行为使得场域始终处于一个不断建构的状态。社会场域对艺术的价值判断在不同的时期产生变化，艺术家的符号资本也会受到冲击。小野在第二次世界大战期间地位显赫，但战争结束后，日本政府开始推行"民主化"的方针。人们重新审视战争的本质，认为军国主义将国家推入了战争的深渊。小野感到自己身边弥漫着浓厚的怨恨情绪，民众中间要求"战争罪犯"以死谢罪的呼声此起彼伏。小女儿仙子本来已经和三宅家订婚，但因为男方调查了小野战争期间的"不光彩"经历而撕毁了婚约。

---

[1] Davis, K. *Human Society*, New York: Macmillian, 1948, p. 87.
[2] ［法］皮埃尔·布迪厄：《实践感》，蒋梓华译，南京：译林出版社，2012年，173页。

"当小野试图嫁掉他的女儿,他先前作为一个前法西斯主义者和一个画家的名望,已经变成迅速贬值的资产。"①

小野大起大落的命运,是文化场域受制于政治场域和阶级利益的一个明证。对于艺术家在多大程度依附于阶级的命题,阿尔弗雷特·韦贝尔提出过艺术家具有"自由的流动智力"的理论,认为艺术家在各种阶级之间进行的流动所受的限制比社会的大部分其他成员都要来得少。②虽然艺术家不能在阶级之外生活,但他能够改变阶级依属关系,能够参加一个与他原来的阶级很不一样的阶级。因此,把文化阶层看成一个界限模糊、进出自由的开放领域,更加符合艺术家关于社会组织的思想。但是韦贝尔所提倡的这种理论针对的是艺术家的艺术能力,与艺术家的社会特权不是一回事,因为艺术生产和接受与特权阶层的存在是密切相关的。从《浮世画家》中对小野的处境描述来看,小野失去的正是他所享受的社会特权。

面对战前与战后截然不同的现实,小野在对过往的回忆中不断地反思自己的生活和国家的命运。在小野的叙述中,读者能感受到他无法适应新的政治和社会现实的迷茫和痛苦。尽管他所处的新社会充溢着对重建社会的乐观精神,但他无法接受对日本过去价值体系的全盘否定,无法认同取而代之的以实用主义为主导的社会。新旧体制的转化,社会场域的变化,导致了文化合法性的危机,小野的文化符号资本被证明是社会资本操作的产物。但是所幸的是,这并不意味着小野艺术生命的结束和个人价值的消亡。在《浮世画家》

---

① Patrick Parrinder, "Manly Scowls," *London Review of Books* (6 Feb. 1986): 16.
② [匈]阿诺德·豪泽尔:《艺术社会学》,居延安译,上海:学林出版社,1987年,第199页。

的结尾，小野的道德良知让他意识到了过去的日本政府存在的错误，他在内心拒绝认同他战前所效力的政府所倡导的意识形态，坦然地承认了自己以前的错误。面对重建中的城市，他由衷地感到喜悦，感慨"我们的国家不管曾经犯过什么错误，现在又有机会重振旗鼓了"（258）。这无疑也是他重拾希望、再次寻找个人价值的心声。

《浮世画家》描述了画家小野增二在第二次世界大战前后的创伤心理和成长变化，凸显了他在人生三个重要阶段的精神创伤和价值诉求。艺术家对道义和审美的追求，往往使得他们将自己认同为普遍价值的捍卫者，但其遭遇的社会位置和现实处境的变化，令人反思和质疑现存的社会等级秩序。从布迪厄的文化资本视角来审视《浮世画家》中的艺术家小野在不同人生阶段的追求和遭遇，可以被看作是对文化资本的构成要素、表现形式和演进过程以及知识与权力之间的复杂关系的一次探索和反思。在当代社会中，艺术家作为文化资本的代言人，在艺术场域和其他社会场域中扮演了特殊的角色，尽管在表面上远离政治和经济场域，却以微妙的方式迂回地参与了社会的权力正当化和再分配的过程。

第六章 全球化背景下的创伤经历
——低语境社会的文化困境

20世纪70年代，跨文化传播研究领域的先驱爱德华·霍尔（Edward T. Hall）指出西方国家正在经历"低语境文化"危机，表现为缺乏历史集体记忆，文化呈现碎片化，人与人之间的关系疏淡，人际交流缺乏心灵的感应而倚重语言的显性信息等特征。进入21世纪，随着全球经济一体化和信息技术革命的推进，文化的共享和变化的速度大大加快，许多国家的原有文化遭到侵蚀，趋向"低语境文化"发展。因此，文化流失、融合和保存问题日益成为当代作家关注的焦点。日裔英国作家石黑一雄特殊的文化身份使得他对当今世界文化的交流和冲突有着切身的体会和深入的思考。他在2009年出版的短篇小说集《小夜曲：音乐与黄昏五故事》中创设了一个虚拟的社群，寓言般地揭示了当今世界全球化背景下愈演越烈的"低语境文化"趋势，表达了他对全球化背景之下的人类普遍性创伤经历的关注，以及对全球文化秩序的批判和反思。

爱德华·霍尔在研究西方文化价值面临的危机时，发现了以美国等西方国家为代表的"低语境文化"与日本等国家为代表的"高语境文化"之间的差异，对西方国家发展过程中日益严重的文化单质化和碎片化趋势发出了警示。进入21世纪，随着全球化进程的加速和电视、网络等现代媒体的迅猛发展，发达国家利用先进媒体制造以本国文化价值为核心的"世界形象"的形势愈演愈烈。因此，文化的"去疆界"现象，以及频繁的文化交流中出现的文化流失、融合和保存问题日益成为当代作家关注的焦点。石黑一雄出生于日本，后移民英国，他特殊的文化身份使得他受到高、低语境文化的双重影响，对当今世界文化的融合和冲突有着切身的体会和深入的思考。《小夜曲：音乐与黄昏五故事》① 中展现了文化全球化背景之中的"低语境文化"的特征以及新的发展趋势，批判了以美国核心价值体系为主导的全球文化秩序，同时探索了全球化进程对语言、记忆、人际交流以及文学本身所产生的异化作用和深远影响。

第一节　消失的地域差异

文化的功能之一，是在人与外部世界之间提供一个选择性屏障，它决定人们要保持什么、忽略什么。根据不同文化之间的差异，爱德华·霍尔在《超越文化》（Beyond Culture）一书中提出了"高语境文化"（high-context culture）和"低语境文化"（low-context culture）的概念②，指出"高语境交流指的是大多数信息或存于物质环境中，或内化在人的身上，需要经过编码的、显性的、传输性的信息非常之少。低语境交流正好相反，大量信息编入显性的代码之中"。换句话说，高语境文化行为根植于过去，变化缓慢、高度稳定，由于传统、历史和风俗等高度重叠性，绝大部分文化信息都已经成为全体成员共有的资源，因此人们借助共有的"语境"进行交流，相信人际间的直觉、感觉，是集体主义导向的文化，喜欢用含蓄、间接的方式进行沟通。比较典型的高语境国家有日本、朝鲜、

---

① Kazuo Ishiguro, Nocturnes: *Five Stories of Music and Nightfall*, London: Faber and Faber, 2009.

② 《超越文化》于1976年在纽约出版，封面插画描绘的是一名身着和服的日本女人，她的双眼被带有"好莱坞"字眼的布条蒙住。这一形象同时包含日本和美国的元素，这两个国家分别被霍尔描述为高语境国家和低语境国家。

中国以及一些拉丁国家；而"低语境文化"中的人们由于缺乏共同的历史文化背景，很难形成非语言的心灵感应，因此他们习惯借助于直接的、清晰的符号编码信息进行交流，看重语言的交际力量，喜欢用坦率、直白的方式进行沟通，体现为高度个体化、人与人之间的关系疏淡、文化呈现快速变化和片段化，比较典型的代表有美国、加拿大、德国等。霍尔认为有一些国家兼具高低语境文化的特点，如法国、英国、意大利等。

继霍尔之后，霍夫斯泰德（G Hofstede）、吉尔兹（C. Geertz）等对文化的变异性进行了深入的探究，认为文化变革的直接驱动力是全球经济一体化和信息技术革命，这两股潮流引发的文化"去疆域化"或者"去国家化"，使得文化的交流、共享和变化的速度大大加快，技术、资本、商品本身所内涵的文化价值观，构成了一种由高而低的"瀑布冲击效应"，强制性地弥合了不同文化系统之间的差异，从而使得更多的国家和地区的原有文化遭到侵蚀，趋向"低语境文化"发展。在中国，已经有学者提出了中国由"高语境文化"向"低语境文化"移动的假说。①

"低语境文化"所凸显出来的文化单质性和碎片化现象，令许多学者、文人关注和担忧，其中就有日裔英国作家石黑一雄。他长期处于东西方两种文化的碰撞之间，对文化交流和变异问题有着严肃的思考。在短篇小说集《小夜曲：音乐与黄昏五故事》中，他塑造了一个具有典型的"低语境文化"特征的社群，揭示了当代文化发展中的"低语境"趋势，以文学特有的方式呼唤着人类精神家园的

---

① 林晓光：《中国由高语境文化向低于经文化移动的假说》，载《新闻与传播研究》，2009，16（2）：24—31.

回归。《小夜曲》一共包含五篇故事：《伤心情歌手》《不论下雨或晴天》《莫尔文山》《小夜曲》和《大提琴手》。每篇故事均由一名音乐家或音乐爱好者叙述，构成了类似五重奏的叙述结构。《伤心情歌手》中的雅内克是一名来自东欧的吉他手，同时在威尼斯三个咖啡厅的管弦乐队里演奏音乐。在小说中他回忆起与托尼·加德纳的短暂交往，其间这名美国歌手吐露了对自己星途黯淡的担忧以及即将离婚的事实。《不论下雨或晴天》的叙述者雷蒙德是一名百老汇音乐爱好者，他在西班牙教英语，回到英国是为了看望老朋友埃米丽和查理，随后他闹剧般地卷入了两位朋友的婚姻危机。《莫尔文山》中，没有确切姓名的吉他手兼作曲者在伦敦漂泊多年后，回到姐姐在莫尔文山的小饭馆里工作。在那里，一对瑞士夫妇与他分享了旅行音乐家的快乐和痛苦。《小夜曲》中，来自加利福尼亚的萨克斯手斯蒂夫讲述了他和在《伤心情歌手》中出现过的同样渴望成名的迪琳·加德纳的相识，以及两人在短暂的友情中共同的希望和苦恼。《大提琴手》中，无名的萨克斯演奏者回忆了意大利大提琴手蒂博尔和美国游客埃洛伊斯·麦科马克的邂逅，以及这段短暂的经历给众人带来的影响。[①]

五篇故事中，每一篇的背景设定均有别于其余四篇，但在五篇小说中，英语都是人物的共同语言，而美国流行文化是人物进行文化交流的共同基础。在这些形形色色的背景下，原住民和外来游客似乎都克服了语言和文化的差异，并成为彼此的知己。这几篇小说呈现出一种全球化氛围下的社会环境，其中文化和地理环境的多样

[①] 叙述者并未具体指明露天广场或城市的具体地点，但提及的怡东酒店和科雷尔博物馆两个地点明显表明这座城市就是威尼斯。

性，与石黑一雄这位享誉全球的作家的读者群所具有的国际性和多样性是一致的，呈现出一种极富相似性的和谐状态。在小说所呈现的背景中，外国人和本国人的形象难以区分，异域的环境中又时时充斥着令人熟悉的意象。地域差异的缺失，导致了差异性的消除，在这个处处相似的世界里，景色变得单调，交流变得单一，外国人的外表、语言与本地人并无明显差异，本地人和外来游客都能在对方身上看到自己的形象。

《小夜曲》中的每一篇故事都设定在令人感到熟悉的异域背景下，通过全球共通的景象和声音，地方性的异域特色在得到展现的同时也归于湮灭。对美国流行音乐的展示和引用为《小夜曲》营造了显著的异域氛围，尤其是在第一篇和第五篇故事中。《伤心情歌手》和《大提琴手》的叙述者都提到了他们作为咖啡厅乐手时在露天广场反复演奏美国电影《教父》的主题曲的场景。《伤心情歌手》中的雅内克回忆起前一年夏天，他在圣马可广场上奔走于乐队和乐队之间，并在一个下午演奏了九遍《教父》。① 《大提琴手》中不知其名的叙述者以"这是午饭后我们第三次演奏《教父》了"作为叙述的开头。《教父》主旋律的反复重现是一个令人关注的现象，它就像具有穿针引线作用的曲子副歌那样，使最后一篇故事与第一篇遥相呼应。音乐使人联想起美国电影《教父》，将游客们的思绪从露天广场带到黑手党现身的美国电影世界，继而又将他们带到电影所虚构的黑手党的故土意大利，最后又回到意大利的露天广场。这段旋律在两个不同的意大利背景中的展现——一个是电影虚构的黑手党

---

① Kazuo Ishiguro. Nocturnes: Five Stories of Music and Nightfal, London: Faber and Faber, 2009, pp.3—6. 下文出现的小说引文直接在引文后括号内用页码标注。

出没的意大利，一个是飘荡着乐器演奏之声的真实的意大利，从而创设出一种原本并无联系的地域关系。

此外，《美国歌曲大全》是《小夜曲》反复暗示的美国流行文化的源头之一，它包含了从20世纪20年代到60年代间在百老汇剧场、音乐剧场演出及好莱坞音乐电影中的歌曲。《小夜曲》中的人物演奏、聆听、谈论的歌曲基本都出自这本歌曲大全。这些歌名大多具有显而易见的含义，并营造出了特殊的氛围。好莱坞明星们的奇闻异事以及反复被提及的百老汇音乐即刻展现出媒体传播下的美国形象，诸如卡朋特、德·尼罗、梅格·瑞恩、马龙·白兰度、切特·贝克、法兰克·辛纳屈及艾拉·菲兹杰拉德等名字多次出现在《小夜曲》主人公的谈话中。他们很可能是从小报和娱乐新闻中得知这些名人生活的细枝末节，把他们视作自己的熟人或亲戚，从而感到自己有权利评价他们的对错得失。《伤心情歌手》中托尼·加德纳与雅内克的谈话，和《小夜曲》中琳迪与斯蒂夫的对话都恰恰表明了这一点。对美国巨星的言论和对美国流行歌曲的评价，构成了不同性别、年龄、国籍的个体互相交流的共同基础。

《教父》的主旋律与《小夜曲》中频繁提及的其他美国流行音乐共同构成了各个国家共享的文化参照。自己国家的传统记忆逐渐遭遇侵蚀，真实的历史逐渐被遗忘，渐次被来自"瀑布"高处的美国文化所冲刷，从而失去了原有文化的内聚力量，人们的交流也越来越脱离自身的文化传统，走向霍尔所描述的"低语境文化"氛围之中。在一个"低语境文化"中，人们之间的交流缺少含蓄与意会，内化于人们思维深处的共同点十分稀少，大量的信息由显性的语码负载，而在这些显性语码当中，美国流行文化因其传播的国际性和接触的便利性成为最显著的一项。因此，《小夜曲》对美国流行文化的反复提及，暗示了在全球融合和社会分化的程度不断加剧之时，人们对自己原有文化的集体性知识和记忆已经变得多么稀缺。

第二节　被抹除的地方语言

美国流行文化的广泛传播与英语的普遍使用具有密切的关联。石黑一雄不仅通过《小夜曲》所营造的虚拟社会凸显了"低语境文化"的典型症状——地方文化的丧失和文化发展的单质化，还通过小说人物对英语的使用，进一步揭示了人们日常交流的语言的趋同特征。由于"低语境文化"中的人们不能通过共同的集体记忆或者相互之间的默契进行含蓄或者隐秘的非语言交际，因此他们的交流更加倚重语言的显性信息。

在现实世界中，英语已经是一门全球性语言。在《小夜曲》所创造的虚拟社群里，英语更是成了无所不在的媒介语言。小说中的所有人物角色都能十分流利地使用英语。在《伤心情歌手》和《大提琴手》中，来自东欧的咖啡厅乐手们很快适应了在意大利的生活，与当地人交往并一同工作，甚至赢得了美国游客的极度信任。相似的情节在《莫尔文山》中也有涉及，其中两名来自瑞士的旅行音乐家与英国作曲家促膝交谈，坦诉内心深处的忧虑。

虽然《小夜曲》中的五篇故事设定在意大利、英国和美国等不同国家的背景下，但这些故事都出人意料地用带有美国风格特点的口语化英语进行叙述。同样令人奇怪的是，来自不同国家的人物角色离奇地以相似的句式和表达方式进行交流。《伤心情歌手》中，来自东欧的吉他手雅内克常用如"我想告诉你""事实是""你看""好"以及"我可以告诉你"等表达（10—18），而美国歌手托尼·加德纳喜欢用"我想跟你说说我心里的一些事""好""我可以告诉你一些事情"和"让我告诉你一个小秘密"等说法（89）。在他们的交谈中，读者很难分辨出谁的母语是英语，谁的母语不是英语。如果将雅内克和托尼·加德纳与《不论下雨或晴天》中雷蒙德和查理使用的英语放在一起看，四个角色之间的差异是微乎其微的。旅居世界各地的英语老师雷蒙德常常以"事实上""听着"或"老实说"作为谈话的开头，而他的朋友伦敦商人查理则喜欢使用"事实上"和"关键是"等表达。两个英国人说话的方式十分相似，他们使用的英文和《小夜曲》一书中其他角色也并无二致。《莫尔文山》中，来自英国的叙述者使用的"正如我说过的"（220）与《大提琴手》中的意大利叙述者使用的"就像我所说的"（97）在表达上也很近似。《莫尔文山》中英国叙述者使用的句子——"可是我并不想多说哈格·弗雷泽的事……我在这里提到她是为以后的事做交待"（131）——明显和《小夜曲》中的美国萨克斯手斯蒂夫所说的一句话十分相似——"我并不想多说海伦和普伦德加斯特的事，除了说明他们跟我目前在这里有什么关系以外"（130）。由于不同地域习语的差异被极大地消除，《小夜曲》中这种刻意而为并具有颠覆意义的语言模拟，造成了一种听觉上的单调和不适。

英语是《小夜曲》中唯一的语言媒介。《伤心情歌手》和《大提琴手》中，英语完全取代了叙述中的意大利语。包括意大利人间的交谈在内的所有对话都以英语进行。这两篇故事中有多名意大利人，例如《伤心情歌手》中的维托里奥，以及《大提琴手》中的费边、欧内斯托、詹卡洛和不知名的叙述者。然而这些人物中没有谁说过一句意大利语。《伤心情歌手》中维托里奥始终保持沉默，而《大提琴手》中的意大利人则用英语交流。我们无法从他们的谈话中看出他们对外语的生疏感或习语使用的个性，三个意大利人的语言相似到了令人混淆的程度。

在其他几篇故事中，对习语差异的抹除以及对地方特色的消除，同样是显而易见的。《莫尔文山》中，蒂洛和索尼娅用相当流利的英语同英国作曲者进行交谈；在对流行音乐的讨论中，他们就好像和他生活在相同的社会环境中，并拥有共同的文化背景。当作曲者问起这对瑞士夫妇他们演奏什么类型的音乐时，蒂洛马上回答道："是啊，就像索尼娅说的，在这个现实的世界，大部分时候，我们得演奏观众想听的东西。所以我们多表演一些热门歌曲。"（110）索尼娅的英文同样很流利："生活总是有很多不尽如人意的地方。……可我不该说这些。我不是你的好榜样。"（122）和《小夜曲》中的其他人物角色一样，这两名瑞士音乐家与以英语为母语的人能够自如地用英语交谈。

从表面上看，五个故事通过对语言差别的消除创造出一个实现普遍性交流的理想世界，但实际上美国文化扩张所造成的语言同化趋势，对人们情感表达和交流造成的阻断和遏制后果是显而易见的。石黑一雄在之前创作的小说《远山淡影》和《浮世画家》中，都通过一种比较生硬的、带有译文腔的英文，来突出日本裔叙述者的句法特点。与之相反，《小夜曲》消除了习语差异，将英语设定为世界通用的语言。《小夜曲》中语言的统一性传达了两种相互矛盾的信息。一方面，石黑一雄意识到要建立国际化的读者群，作者有必要将地域性的引用和表达最小化，从而使得其作品在全球范围内能够被读者理解。地域性的习语在原始的语境之外很难被准确地翻译，即使在不同的文学和文化体系下被翻译出来，其意义也常常发生改变。另一方面，消除了地域特色的英语表达也暗示了石黑一雄对文化和语言同质化的忧虑。如果说口音和习语代表说话者的出身背景，那么《小夜曲》中的虚构人物运用的英语表明他们来自同一个地方，而这个地方在现实中并不存在。《小夜曲》中的英语是美式英语的虚构版本，从中可以看出石黑一雄（也是许多当代作家）面临的困境，即在迎合读者使用全球共通的语言时，去除语言中的地方性差异将难以避免地导致语言的单一性和文化的同质性。丽贝卡·L.沃克维奇（Rebecca L. Walkowitz）在《文学的地域性》一文中提出了一个和《小夜曲》所指涉的困境相关的问题："英语文学的全球传播如何塑造了它的写作策略和表达形式？"[1]随后在《难以想象的宏大：石黑一雄，翻译和文学新世界》一文中，她又提出一个相关问题："正如部分当代作家都在实践的那样，对原始性的颠覆怎样影响作者（以及读者）心目中的社会的概念？"[2] 这两个问题是关于全球化对文学创作、翻译和接受带来的影响，而石黑一雄正是在《小夜曲》中传达了自己对上述问题的反思。

---

[1] Rebecca L. Walkowitz, "The Location of Literature," *Contemporary Literature*, 47/4 (2006), pp. 527.

[2] Rebecca L. Walkowitz, "Unimaginable Largeness," *Novel*, 40/3 (2007), p. 216.

第三节 人际关系中的流浪者

《小夜曲》中的五个背景在地理上是五个不同的地点,但它们的具体环境却是难以辨识的,因为几座城市都包含露天广场、咖啡馆、旅馆房间和旅游景点等常见场景。这些地点在孤独而缺乏安全感的匆匆过客之间造成了一种短暂的友谊,使他们迅速成为彼此的知己;而当环境发生改变,他们又以同样的冲动将这种情谊抛在身后。《小夜曲》中自发而短暂的友谊是爱德华·霍尔描绘的"低语境文化"的典型代表,其中拥有不同种族和文化背景的人们倾向于保持一种广泛、松散而短暂的联系。在这样一个社会中,关系的终结和友谊的建立一样是自发的过程,这也许就解释了为何《小夜曲》的五篇故事无一例外地皆以陌生人之间短暂的相互吸引开头,以他们突然的分别结束。

在《伤心情歌手》中,雅内克和托尼·加德纳短暂的结识围绕着后者的婚姻展开。托尼·加德纳的婚姻濒临终结,这促成了他和雅内克的相识,而这段短暂的友谊又以加德纳的离开和他随后与妻子的离婚告终。《不论下雨或晴天》以两段挫败的关系来推进故事的发展:埃米丽和查理的婚姻以及雷蒙德和这对夫妇的友情。雷蒙德怀揣着挽救埃米丽和查理这对好朋友的婚姻的使命,开始造访他们的家,然后故事的结局却是雷蒙德与这对夫妇产生了矛盾,而夫妇间的婚姻危机也并未得到缓解。尽管结尾处雷蒙德与埃米丽一同起舞时感到了喜悦,但这美好的感觉转瞬即逝,因为他深知随后争吵将很快爆发。

在《莫尔文山》中，年轻的作曲者与蒂洛和索尼娅有了短暂的相遇。索尼娅告诉他，在经历了长期的不和之后，夫妇俩决定分道扬镳。随着这对夫妇即将分手并离开此地，他与他们的友情也随之结束；《小夜曲》中整容手术恢复期间的琳迪与斯蒂夫在两人居住的酒店里相识了，而他们的关系也同样以仓促的方式终结。如果说刚刚结束的婚姻促使斯蒂夫和琳迪重新开始新生活，那么他们新生活的开始，同样标志着他们之间短暂的盟友关系的结束。

人物之间的松散联系与人物关系的易变性是《大提琴手》中不知名叙述者讲述的故事核心主题。当叙述者再次在广场上看见匈牙利大提琴手蒂博尔时，他回忆起蒂博尔7年前到这里来做咖啡厅乐手的场景——蒂博尔与来自美国的麦科马克小姐相识的过程以及之后他们各自的经历。随着蒂博尔对自身的幻想破灭，叙述者与麦科马克的关系也走向了终结，最终他与其他咖啡厅乐手的关系同样变得疏离和难以为继。在这个具有双重叙事框架的故事中，故事叙述者讲述的故事中包含对其自身的暗示。雅克·德里达对框架叙事复杂性的阐释亦适用于此："……发生的事件对叙述者及其叙述产生影响；发生的事件激发了叙述者及其叙述。"[①]叙述者和蒂博尔的友谊，与其讲述的蒂博尔和麦科马克间的友情是密不可分的，因为正是前者促成了后者。从叙述者对蒂博尔和麦科马克的交往的讲述中可以看出，他曾经得到蒂博尔完全的信任。当叙述者回忆蒂博尔偶遇麦科马克后发生的变化过程时，叙述者也间接表达了他自身经历的改变；在揭示蒂博尔和麦科马克之间的相互疏离与陌生化的同时，叙

---

① Jacques Derrida, *Given Time*, trans. Peggy Kamuf, Chicago: University of Chicago Press, 1994, pp. 121—122.

述者也暗示了他自身和蒂博尔之间的分歧。

《大提琴手》中叙述主体和叙述对象的联系有助于我们对前四篇故事中陌生人之间的亲密关系进行分析。《莫尔文山》中年轻的作曲者无法和他的姐姐、姐夫交流，却很快成为两名瑞士游客的知心朋友。这对夫妇与他的谈话似乎外化了他的内心独白，而夫妇俩对立的世界观也反映了他内心的矛盾。《小夜曲》中，斯蒂夫和琳迪被隔离在豪华酒店的房间里，在经历他们各自的人生转折点时成为亲密的朋友；他们脸上缠着厚厚的绷带，向对方倾诉内心，听起来就像是斯蒂夫的内心独白在超现实梦境中的回音。《伤心情歌手》中，很难清楚地界定加德纳究竟是因为信赖雅内克才向他吐露真情，还是在一名友好的陌路人的陪伴下喃喃自语。加德纳的忏悔就好像一连串的独白，而雅内克仅仅作为回音壁一样存在着。这种"独白—对话"的融合，尤为显著地表现在第一人称叙述者像坦露自己的秘密一般，替其他角色表达忏悔之情。在这几篇故事中，孤独的人们无法在自己的生活中寻求温暖的陪伴和稳固的友情，转而投向匆匆的人流，与陌生人建立起亲密的关系，相互吐露内心深处的情感与秘密。然而生活的变化和挫折注定让他们难以维持稳定的自我和情感，一段段真情的告白和忏悔，还没有来得及等待时间将它们发酵和催化，就已经消散得无影无踪。

在《小夜曲》所展示的高度流动和异质化的社会中，个体成为随着环境的变化而不断建立和结束人际关系的流浪者。他们就像乐高积木一样，每个人都能够与他人共处，能够适应无穷的组合变换，却难以维持稳定的关系。① 一块乐高积木，无论是什么形状，其顶面都有数个圆柱形的突起而底部是相应的凹陷，这一特点使这些积木能够轻易地被组合到一起，也能够轻易地被分开。石黑一雄笔下的流浪者们也带着漫无目的的匆忙，穿梭于不同的地点，不断地集合又分离。

依托多样化的背景设置，《小夜曲》在地方性的场景下展现全球性景观，在国际旅行的背景下表达对家乡的陌生化。它让陌生人间建立起亲密的关系，但又令这种亲密转瞬即逝。这种脆弱的盟友关系，在《大提琴手》中不知名叙述者的感慨中得到了浓缩的表现："今日的知己明日就变成失去联络的陌路人，分散在欧洲各地，在你永远不会去的广场和咖啡厅里演奏着《教父》或《秋叶》。"（190）

从事国际关系研究的学者本尼迪克特·安德森（Benedict Anderson）指出，社群是通过"文化根基"来界定的——譬如共同的宗教、语言、文学、历史和礼仪。② 安德森认为对国家形成十分关键的文化根基包含了小 E. D. 赫希所指的文化素养，即一个社群中人们用以交流并对他们所在的社会形成的概念的"常识"或"共同记忆"。③ 安德森和赫希所定义的社群都具有地域上的有限性、政治上

---

① 乐高积木展现了独立性和适应性的相互作用——二者都是世界主义的特点。它们比当德勒兹提出的根系理论更适合用来形容世界性人际关系的易变性。植物的根系"靠变化，延伸，侵略，征服和分支生存"。而相比之下，乐高积木是能够适应任何形状的离散单元。吉尔·德勒兹，伽塔利：《千高原》。Gilles Deleuze and Félix Guattari, *A Thousand Plateaus*, trans. Brian Massumi, Minneapolis: University of Minnesota Press, 1987, p. 21.

② Benedict Anderson, *Imagined Communities*, London: Verso, 1991, pp. 9—36.

③ E. D. Hirsch, *The Dictionary of Cultural Literacy*, Boston: Houghton Mifflin, 1993, p. ix.

的独立性以及文化上的可辨性。而《小夜曲》的英文叙述中展现的社会却拥有难以置信的广阔地域、蔓延无边的无形状态以及令人混淆的相似性。它们都是国际化的都市，其中的个体拥有各异的种族背景，由一种非母语的语言和主要是间接获得的文化体验随机地联系在一起。这些个体身上的相似点是大众媒体传播的图像和信息，其中的大部分来源于美国流行文化、娱乐新闻和好莱坞八卦。个体间这种表面上的联系，暗示了人们在历史知识方面的匮乏。虽然虚构角色不合常理地使用雷同的美式英语交谈给人造成一种国际化沟通的印象，然而潜在的集体性记忆和常识的缺乏，也造成了人们的关系只能变得肤浅而多变这样一种无奈的后果。石黑一雄将"低语境文化"的特征和弊端，通过一个拟社群形态充分地展现出来，显示了一个作家对当下所处的世界文化格局的敏锐感知和深刻洞见。

霍尔在谈及"低语境文化"时指出，人们必须要意识到："人在进化过程中发展的与其说是人的身体，毋宁说是人的延伸，人的延伸尤其是语言、工具和制度的延伸一旦启动，人自身就陷入延伸的罗网，结果，人们就会判断失误，就会无力驾驭自己造就的怪物。从这一点出发，人的目标应该失去重新发现那个在延伸过程中失落的、异化了的自我。"（19）在面对美国的文化扩张和全球化趋势越演越烈的背景之下，霍尔对西方文化发展中出现的低语境病灶所提出的忠告愈加具有现实意义；而石黑一雄在文学作品中对"低语境文化"的寓言性描述，让读者对这个世界所经历的文化变迁有了更为深切的感受。同时，他对文学应该如何去适应"低语境文化"的冲击所进行的反思，对我们理解当今的文学生态和未来的文学发展，提供了崭新的视角。

附：石黑一雄主要作品

1982年，《群山淡景》（*A Pale View of Hills*），获得英国皇家学会"温尼弗雷德·霍尔比奖"（Winifred Holtby Prize）。

1986年，《浮世画家》（*An Artist of the Floating World*），获英国及爱尔兰图书协会颁发的"惠特布莱德年度最佳小说奖"（Whitbread Book of the Year Award）和英国"布克奖"（Booker Prize）的提名。

1989年，《长日留痕》（*The Remains of the Day*），荣获1989年度英国"布克奖"，并荣登《出版家周刊》的畅销排行榜。

1995年，《无法安慰》（*The Unconsoled*），赢得了"契尔特纳姆文学艺术奖"（Cheltenham Prize）。

2000年，《上海孤儿》（*When We Were Orphans*），获得"布克奖"提名。

2005年，《别让我走》（*Never Let Me Go*），获得"布克奖"提名。

2005年，《伯爵夫人》（剧本）（*The White Countess*）。

2009年，《夜曲：音乐与黄昏五故事集》（*Nocturnes: Five Stories of Music and Nightfall*）。

2015年，《被埋葬的巨人》（*The Buried Giant*）。

参考文献

Ashcroft, B., G. Griffiths and H. Tiffin, *The Empire Writes Back*, 2nd ed, London: Routledge, 2003.

Bakhtin, M. M., *Problems of Dostoevsky's Poetics*, ed. and trans. Caryl Emerson. Minneapolis: University of Minnesota Press, 1993.

Bigsby, Christopher, "An Interview with Kazuo Ishiguro," *The European English Messenger*, zero issue (1999), 26—9.

Bourdieu, Pierre, *The Outline of a Theory of Practice*, Cambridge: Cambridge University Press, 1977.

——*The Field of Cultural Production*, ed. Randal Johnson, New York: Columbia University Press, 1993.

Bradbury, M., *The Modern British Novel 1878—2001*, rev. London: Penguin, 2001.

Brandmark, W., *Kazuo Ishiguro* [pamphlet], London: British Council. (n. d.)

Bryson, B., "Between Two Worlds," *New York Times*, 29 April: sect. 6, 1990.

Byatt, A. S., *On Histories and Stories*, Cambridge, Mass: Harvard

University Press, 2002.

Canclini, Nestor Carcia, "Cultural Policy Options in the Context of Globalization," in Gigi Bradford (ed.), *The Politics of Culture*, New York: the New Press, 2001.

Cannadine, David, *The Pleasures of the Past*, London: Penguin, 1997.

Clewell, T., "Mourning Beyond Melancholia: Freud's Psychoanalysis of Loss," *Journal of the American Psychoanalytic Association*, 52/1 (2004), pp. 43—67.

Coster, G., "Another Country," *Weekend Guardian*, 1—2 (June 1991), 4—6.

Cumings, B., "Japan's position in the world system," in A. Gordon (ed.) *Post-war Japan as History*, Berkeley: University of California Press, 1993, pp. 34—63.

Wong, Cynthia F., *Kazuo Ishiguro*, Plymouth, England: Northcote House, with British Council, 2000.

de Certeau, Michael, *The Practice of Everyday Life*, trans. Steven Rendall, Berkeley: University of California Press, 1988.

de Man, Paul, *Allegories of Reading*, New Haven: Yale University Press, 1979.

Deleuze, Gilles&Félix Guattari, *A Thousand Plateaus*, trans. Brian Massumi, Minneapolis: University of Minnesota Press, 1987.

Derrida, Jacques, *Given Time*, trans. Peggy Kamuf, Chicago: University of Chicago Press, 1994.

Dong, Stella, *Shanghai 1842—1949*, New York: William Morrow,

2000, pp. 189—199.

Dower, John W., *Embracing Defeat*, New York: W. W. Norton, 1999.

Gilroy, P., "There Ain't No Black in the Union Jack," *The Cultural Politics of Race and Nation*, London: Hutchinson, 1987.

Head, D., *The Cambridge Introduction to Modern British Fiction, 1959—2000*, Cambridge: Cambridge University Press, 2003, pp. 156—87.

Huggan, G., *The Post-colonial Exotic*, London: Routledge, 2001.

Ishiguro, Kazuo, *A Pale View of Hills*, London: Faber and Faber, 1982.

—— *An Artist of the Floating World*, London: Faber and Faber, 1986.

—— *The Remains of the Day*, London: Faber and Faber, 1989.

—— *The Unconsoled*, London: Faber and Faber, 1995.

——*Early Japanese Stories*, London: Belmont, 2000.

——*When We Were Orphans*, London: Faber and Faber, 2000.

——*Never Let Me Go*, London: Faber and Faber, 2005.

—— *Nocturnes: Five Stories of Music and Nightfall*, London: Faber and Faber, 2009.

——*The Buried Giant*, London: Faber and Faber, 2015.

Ishiguro, Kazuo and K. Oe, "The Novelist in Today's World: A conversation," *Boundary 2*, (18/3, 1991), 109—122.

Iyer, P., "The Empire Writes Back," *Time*, 8 February 1993.

Jameson, F., "In the Mirror of Alternate Modernities," foreword to

K. Karatani, *Origins of Modern Japanese Literature*, translation edited by B. Bary, Durham, NC: Duke University Press, 1993, pp. vii—xx.

Jirgens, Karl E. , "Narrator Resartus: Palimpsestic Revelations in Kazuo Ishiguro's *The Remains of the Day*," *QWERTY*, 9 (1999), 219—30.

Kauffman, S. , "The Floating World," *New Republic* 6 (November 1995).

Kelman, S. , "Ishiguro in Toronto," in L. Spalding and M. Ondaatje (eds.) . *The Brick Reader*, Toronto: Coach, 1991, pp. 71—77.

King, B. , "The New Internationalism: Shiva Naipaul, Salman Rushdie, Buchi Emecheta, Timothy Mo and Kazuo Ishiguro," in James Acheson (ed.), *The British and Irish Novel since 1960*, New York: St Martin's, 1991.

Krider, D. O. , "Rooted in A Small Space: An Interview with Kazuo Ishiguro," *Kenyon Review* 20/2 (1998), 146—154.

Lang, James M. , "Public Memory, Private History: Kazuo Ishiguro's *The Remains of the Day* ," *Clio*, 29/2 (2000), pp. 143—65.

Lewis, Barry, *Kazuo Ishiguro*, Manchester: Manchester University Press, 2000.

Mallet, P. J. , "The Revelation of Characters in Kazuo Ishiguro's *The Remains of the Day and An Artist of the Floating World*," *Shoin Literary Review*, 29 (1996), pp. 15—27.

Marsden, G. "Introduction," in G. Marsden (ed.) *Victorian Values: Personalities and Perspectives in Nineteenth-Century Society*, Harlow: Longman, 1990, pp. 1—12.

Mason, G., "Inspiring Images: the Influence of the Japanese Cinema on the Writings of Kazuo Ishiguro," *East West Film Journal* 3 (1989), pp. 39—52.

Mason, Gregory, "An Interview with Kazuo Ishiguro," *Contemporary Literature* 30 (1989): 34—42.

Mayes, T. and M. Rowling, "The Image Makers: British Journalists on Japan," in P. Hammond (ed.) *Cultural Difference, Media Memories: Anglo-American Images of Japan*, London, Cassell, 1997, pp. 115—138.

McCombe, John P., "The End of (Anthony) Eden: Ishiguro's The Remains of the Day and Midcentury Anglo-American Tensions," *Twentieth Century Literature*, 48/1 (2002), pp. 77—99.

Morton, K., "After the War Was Lost," Review of *An Artist of the Floating World*, *New York Times*, 8 June: sect. 7, 1986, pp. 16—27.

Nixon, R., "Environmentalism and Postcolonialism," in A. Loomba, S. Kaul, M. Bunzl, A. Burton and J. Esty (eds) *Postcolonial Studies and Beyond*, Durham, NC: Duke University Press, 2005, pp. 233—51.

O'Brien, Susie, "Serving a New World Order: Post-colonial Politics in Kazuo Ishiguro's *The Remains of the Day*," *Modern Fiction Studies*, 42/4 (1996), pp. 787—806.

Parrinder, Patrick, "Manly Scowls," *London Review of Books* (6 Feb. 1986), pp. 16—26.

Pollack, David, *Reading against Culture: Ideology and Narrative in the Japanese Novel*, Ithaca, NY: Cornell University Press, 1992.

Prendergast, Christopher, *The Triangle of Representation*, New

York: Columbia University Press, 2000.

Prince, Gerard, *Dictionary of Narratology*, Lincoln: University of Nebraska Press, 2003.

Procter, James, "Kazuo Ishiguro," www.contemporarywriters.com, <http://contemporarywriters.com/authors/profile/?p=auth52> accessed 29 April 2004.

Ricoeur, Paul, "Life in Quest of Narrative," in David Wood (ed.), *On Paul Ricoeur: Narrative and Interpretation*, London: Routledge, 1991.

Scanlan, Margaret, "Mistaken Identity: First-Person Narration in Kazuo Ishiguro," *Journal of Narrative and Life History*, 3 (1993), pp. 139—54.

Shaffer, B. W., & C. F. Wong (eds.), *Conversations with Kazuo Ishiguro*, Jackson, MS: University Press of Mississippi, 2008.

Tamaya, Meera, "*Ishiguro's Remains of the Day*: The Empire Strikes Back," *Modern Language Studies*, 22/2 (1992), pp. 45—56.

Vorda, Allan and Kim Herzinger, "Stuck on the Margins," in Allan Vorda and Daniel Stern (eds), *Face to Face: Interviews with Contemporary Novelists*, Houston: Rice University Press, 1993, pp. 1—36.

Wain, Peter, "The Historical-Political Aspect of the Novels of Kazuo Ishiguro," *Language and Culture* 23 (1992): 177—205.

Walkowitz, Rebecca L., "The Location of Literature," *Contemporary Literature*, 2006, 47/4 (2006), pp. 527—45.

Walkowitz, Rebecca L., "Unimaginable Largeness," *Novel*, 40/3 (2007), pp. 216—39.

White, Hayden, "The Value of Narrativity in the Representation of Reality," in *Critical Inquiry* 7.1 (1980), pp. 25—32.

Wong, C. F., "Like Idealism Is To The Intellect: An Interview with Kazuo Ishiguro," *Clio*, 3/3 (2001), pp. 309—325.

——*Kazuo Ishiguro*, Plymouth, England: Northcote House, with British Council, 2000.

Wong, S. C., *Reading Asian American Literature: From Necessity To Extravagance*, Princeton, NJ: Princeton University Press, 1993.

Wood, M., *Children of Silence*, New York: Columbia University Press, 1998.

Worthing, Peter, *A Military History of Modern China*, Westport, Conn.: Praeger Security International, 2007.

Writers Bloc, Kazuo Ishguro with F. X. Feeney: Wednesday, October 11, 2000, *At The Writer's Guild Theatre*, Los Angles, http://www.Writersblocpresents.com/archives/ishiguro/ishiguro.htm p. 17.

［德］阿多诺：《美学理论》，王柯平译，成都：四川人民出版社，1998年。

［匈］阿诺德·豪泽尔：《艺术社会学》，居延安译，上海：学林出版社，1987年。

［德］阿斯特莉特·埃尔、冯亚琳主编：《文化记忆理论读本》，北京：北京大学出版社，2012年。

［英］安妮·怀特海德：《创伤小说》，李敏译，开封：河南大学出版社，2011年。

［法］保罗·利科：《历史与真理》，姜志辉译，上海：上海译文出版社，2004年。

陈启能等主编：《记忆之谜》，保罗·利科等著，济南：山东大学出版社，2009 年。

陈新，彭刚主编：《文化记忆与历史主义》，杭州：浙江大学出版社，2014。

[美] 丹尼尔·夏科特：《记忆的七宗罪》，李安龙译，海口：海南出版社，2003 年。

杜丽丽：《后视镜中的他者》，兰州：甘肃人民出版社，2015 年。

[英] 杰西·洛佩兹：《社会结构》，允春喜译，长春：吉林人民出版社，2007 年。

[德] 莱辛：《拉奥孔》，北京：人民文学出版社，1979 年。

梁志学主编，《费希特著作选集》（第三卷），北京：商务印书馆，1994 年。

[法] 皮埃尔·布迪厄：《实践感》，蒋梓华译，南京：译林出版社，2012 年。

[法] 皮埃尔·布迪厄：《文化资本与社会炼金术：布迪厄访谈录》，上海：上海人民出版社，1997 年。

[法] 皮埃尔·布迪厄：《艺术的法则》，刘晖译，北京：中央编译出版社，2001 年。

[英] 石黑一雄：《浮世画家》，马爱农译，上海：译文出版社，2011 年。

[美] 约翰·杰洛瑞：《文化资本》，江宁康译，南京：南京大学出版社，2011 年。